陌路回家

一人、一猫、一单车的 14000 公里旅程

柏林 Berlin　香港 Hong Kong

李明熙　著

中央广播电视大学出版社·北京

目录

序言
- 何兆麟推荐序：单车起落如人生 002
- 冼伟强推荐序：追寻理想的勇气 003
- 自序：为了离开 004

第一章 踏进梦里去
- 在家 —— 香港 003
- 在家 —— 柏林 004
- 单车游的三大要素 —— 身体、签证、单车 008
- 让恐惧到此为止 015

第二章 热身的欧盟路
- 前辈护航 018
- 为基耶斯洛夫斯基送上鲜花和咖啡 022
- 潜入树海 026
- 蒲公英的启示 030
- 总有摔倒的一天 033
- 4.72 立特的诚意 036
- 中世纪堡垒与 B&B 042
- 第一次露营 049
- KGB is Looking at You 052
- "蜜月"终结 056

第三章 30 日俄罗斯体能磨炼
- 白夜圣彼得堡 062
- 学习露营 067
- 是信念，不是年纪问题 071
- 莫斯科交通蜘蛛网 075
- 内疚 078
- 蝉鸣 083
- 国际都市喀山 087
- 洗澡是骑行的动力 091
- 平安离开俄罗斯 096

第四章
又爱又恨哈萨克斯坦

第五章
骑进历史的洪流里

第六章
安全，才能回家

后记

意志骑行	102
最艰辛的路	106
上警局	115
消失的沙发客	121
工厂上班一样	125
今天只谈吃喝	130
闯关失败	134
自我反省	139
维族家庭	143
山路是我自己选的	147

最后一个国度	158
口里人在口外	164
天山蛋挞	171
哗！莫高窟呀！	178
风力之都	184
毕业日	188
河西走廊尽头	197
人车都坏了	203
男人的关口	208
西安，一个终点	212

28 吋 32 孔	218
牧羊少年的启示	223
翻秦岭	225
"南方的朋友"	230
长沙城市生活	234
桂林团圆饭	240
用钱买时间	245
饭香	251

后记	258

序言

单车起落如人生

　　不知不觉我的单车生涯已经有二十多年,从小时候的比赛生涯,直到现在当教练,一直离不开单车。在单车上经历高低起跌、喜怒哀乐,就如人生。如何从谷底爬起来;如何在高峰不骄傲自满;如何跌倒再爬起来,我一一从单车上学懂。单车就是有这个力量,使人疯狂地爱上。李明熙同我一样,同样是单车狂热分子,用二百多日,从柏林骑单车,到拉脱维亚、俄罗斯、哈萨克斯坦、新疆、穿越荒漠,在中国大陆,他更带着有眼疾的流浪猫(蛋挞),一直回到中国香港。同样是一部单车但不同的经历,同样改变了一个人的一生,《陌路回家》值得推介给大家。

何兆麟单车学校创办人
何兆麟

追寻理想的勇气

　　为追寻梦想，暂时放下事业、家庭远走异地，在现实社会谈何容易？尤其在生活环境欠佳的香港，凭着"不容易就代表不可能吗？"这个信念，要经过几多阻碍才能梦想成真？都市人如我谈及梦想时，总是向往，但说到如何实践，推搪的理由总是层出不穷。

　　我在1998年认识李明熙，当时大家都是对艺术充满热忱的黄毛小伙子，总觉得如果生活没有艺术，人就如没灵魂的空壳。虽然我们向着艺术之路进发，但对比李明熙，我没勇气去争取自己想要的，反而选择做一个都市人——为了生活品质而放弃璀璨人生。

　　由李明熙2003年决定到澳洲流浪开始，我就反思自己曾否尽力追求梦想生活，是否活得丰富。或许有人觉得，人生只要有份工作、有瓦遮头、两餐无忧，还想怎样？谈流浪、谈丰富人生，全对"基本生活"没有丁点儿意义。也许有人会问，这样不是太自私了吗？不用照顾父母吗？这些李明熙都知道，但他更坚决去走自己想走的路。

　　记得2011年11月，李明熙特意从德国回来出席妹妹的婚宴，还告诉我们，他将会花半年时间从德国踏单车回港。我愕然！这类型的梦想，我连想也没有资格吧？当李明熙决定实行这个壮举时，他马上找我当支援小队的队长，虽自觉未能帮上什么，但希望能胜任吧！我们之间有着男人的默契，感谢他的信任，我没有推搪，严肃地问了行程计划、组员名单、职责和联系途径等资料。最遗憾的却是因工作缺席了第一次，也是唯一一次的组员聚会。这影响了往后大家工作的默契和联系，但自责也没用，后来看开了，只有往后加倍努力。

　　记得在他旅程的初段，我们每天都为他担忧。日子一天一天地过，收到他正面的消息，却不知他是否报喜不报忧。反正他平安，我们便慢慢放心。路途或许总是一样，但我们都能从旅程中，开拓出不同层面的意义，为创作带来更多题材。李明熙通过旅程得到很多"第一次"，也不忘让我们一同体验"第一次"——接受香港无线电视（TVB）访问、近距离接触《苹果日报》。我亦是第一次，以金钱支持有理想，但却素未谋面的人，原来成人之美是如此快乐，大家都被他的行动感染，愿意为共同的理想去付出。

　　记得李明熙曾告诉我，到澳洲生活过后，不再喜欢挤迫急速的香港，由大窝口到荃湾的路好像总是走不完。但在外国，走路却是一种享受。生活在物质主义的社会，拼命工作赚钱、买楼、结婚生小孩，牺牲了自己的理想，当中又有多少人像李明熙般突破自己呢？他邀请我为他的新作写序，再次感谢他对我的信任，希望大家"经历"过这本作品，能得到一点启发——去做自己爱做的事，别浪费光阴

为了离开

小时候人家问及志愿,我总不能明确地回答,但却清楚知道自己抗拒任何每天要穿制服、系领带的行业。正如我从不爱穿校服,因为这是约束的象征。

世上没有一模一样的人,大家自出娘胎后本来就与众不同,可惜我们活在一模一样的规范下,憧憬同样的生活模式。长大后才明白,人是群体动物,有规范的需要。有人信奉这一套,因为他们相信它会带来安全;有人讨厌这一套,因为他们认为这是约束。我是后者。我无能力亦无需要推翻这一切,但我可以从中寻找到自己的天堂,走出一条自己觉得有意义的路。沿着陌路,愈走愈远,最后发现自己已走到欧洲。

四年多的欧洲生活使不少香港的亲友羡慕,他们总觉得我的生活悠闲惬意。早前还有香港的朋友问:"你在天堂玩了那么久,何时才舍得返回凡间?"我苦笑,没有回答。因为我一直都在凡间。我的生活跟大家都一样,为糊口奔波,只是场所不同罢了。我当然明白那个问题的原意,我何尝不曾在香港工作生活过,以至于当年决定离开香港。回想起来,我怕的是香港那种与自己相违的价值观,怕失去自己的生活空间,怕周遭的指标淹没自己的信念。出走,是那时想到的唯一方法。

在欧洲的日子一直过得不错,虽不算是天堂,也称得上是生活。2011 年,我在声名狼藉的德国官僚制度下争取工作签证,花了半年多时间,总算把它弄到手。但看着手上的签证,我却顿时觉

得自己在德国的任务已经完成,这条路已经到了尽头。再继续,只会被另一个建制、另一种规范俘虏,我必须找新的挑战。

我记起伊万·麦克格雷格和查理·布尔曼以摩托车环绕地球一周的纪录片《长路迢迢》。伊万在完成旅程前一天的访问,给我一个重大的启发,他说:"人生有很多事,大家因为'假若'而没去做。假若发生了这、假若发生了那……这都使我们却步。但实情正因为这个'假若'和'究竟',令事情变得刺激。"

"离开德国吧!骑上单车,骑上陌路回香港吧!"我听到内心悄悄地说。

虽然我不是一个骑单车的高手,而且单车旅行对我来说比较陌生。不过,从以下两点,我看到骑一万四千公里回家的可能:(1)我能骑单车;(2)我深信路是人行出来的。

出走了四年多,我对香港已经感到陌生,是时候给自己一个机会,给香港一个机会。以一万四千公里的汗水去挑战和印证自己过去数年所培育的价值观,用身体去记载这份信念,作为日后生活的指南针。很多朋友说这想法疯狂,我不否认,但反问:"哪有梦想不疯狂?我比那些梦想世界和平的人理性得多!"

我更清楚明白,要挑战自己,必须选择一条陌生的路,只有走在陌路上,才能真正发掘自己的潜能,确定自己的存在价值。死在路上一点儿也不可怕,最可怕的是没有给自己去闯的机会,将生命燃烧到极致。

第一章
踏进梦里去

第一章
踏进梦里去

香港
Hong Kong

✱ 支援队唯一一次会议

在家 —— 香港

　　"单车旅行"这词汇，早在2008年，我在德国留学的第一个夏天时，已在脑海闪过。当年希望花一个月环绕德国一圈。但那时还是学生，总觉得一日未毕业，口袋里的钱也不能乱花，是借口也是却步的唯一原因。说实在的，我也是以留学德国为名，玩乐欧洲至上。不过，若为了要乐而花光生活费，毕不了业，怎么也说不过去。

　　2010年夏天，离开近三年后第一次回香港，可能抱着度假的心情，又或是香港真的转变很多，我对这成长地竟然感到新鲜。一次跟朋友闲谈，也许回港发展亦不坏，但回来之前一定要来次长途旅行，把钱花清，才能釜底抽薪地工作。我俩对着电脑上的地图，说这里好玩，又说那里一定要去，把地图放大又缩小，真以为自己在环游世界。

　　我向朋友展示柏林的居所，然后把地图缩小看街，再看市、看国、看洲，最后我看到一条路！穿过东欧、中东、印度、东南亚、中国大陆，不就是一条单车旅行的路线吗？屈指一算，若行程为期一年，每天花费不过150港元，再加单车行装、签证及保险等费用，保守估计要八万至十万元。我被这数字吓了一跳，当时仍未毕业，但单车长征的计划已经在脑海里萌芽了。

　　2011年10月，因为参加妹妹的婚宴再次回港。回来前数月，跟一位德国朋友合力写了一份电影计划书，提案申请当地的电影基金，成败结果会在11月公布。可能因为之前办理工作签证时，又一次体会到德国官僚架构的可怕，消耗精力过度，而对这地方开始产生厌恶感。我跟朋友说，若申请失败便离开德国，骑单车回香港。坦白说，我对申请没抱"半点儿"期望，反而希望单车之旅可以成行。因此，回家探亲收拾行李时，已把不少东西带回香港。一如所料，朋友短讯通知我，申请被拒。同一时间，我在网上向朋友宣布，决定2012年骑单车从德国回香港。说毕，我兴奋得颤抖，埋藏多年的冒险精神终于得以释放。

　　那天是2011年11月4日，踏入梦的第一天。

　　我第一时间翻阅地图，看看回来的路线要经过多少国家，及如何办理签证。最后发现伊朗和巴基斯坦的边界是战争区，旅游局网站列明不宜旅游。数年前曾到过印度和巴基斯坦边界旅行，也听过游击分子在街上放炸弹。心想，这是冒险旅程，不是冒死旅程，被炸弹炸死也太无意义吧！倒不如冲入俄罗斯，就是被灰熊吃掉，总算回馈大自然。最后发现骑北路回来经德国、波兰、立陶宛、拉脱维亚、爱沙尼亚、俄罗斯、哈萨克斯坦和中国大陆，八个国家，要签证的只有俄罗斯和哈萨克斯坦，事情好办得多了。

　　接着是筹组支援小队，我致电几个可信的朋友，告知计划，他们都表现得十分雀跃，誓要替我撑腰。我知道这次旅程已经十拿九稳。我顿时幻想自己是一级方程式车手，入维修站时，有团队冲出来为我补给打气，让我可以专心征战。

　　飞返德国前夕，与支援小队成员会面，说出我的期望，又听取他们的意见。送别时，大家都说："平安回来，明年见。"看着他们的背影，我知道这已不是我一个人的冒险了，他们已背负了这个旅程，我的责任就是平安回来，绝不能辜负队友。

第一章
踏进梦里去

柏林
Berlin

在家——柏林

回到柏林，首先是定下出发日期。我无聊地翻阅黄历，不过出发日期还是因以下几点决定：第一，看气候，欧洲三月还冷，四月开始解冻，春天骑车分外惬意；第二，一定是月底，因房租月底到期，当然要"住够本"；第三，要周末，长征前总希望有些朋友来送行，周末大家也方便。最后选了2012年4月28日，星期六，因为周日的德国是死城，怕路上难找店铺补给。

出发前一天的柏林

| 出发前 Start off | 德国 Germany | 波兰 Poland | 立陶宛 Lithuania | 拉脱维亚 Latvia | 爱沙尼亚 Estonia | 俄罗斯 Russia | 哈萨克斯坦 Kazakhstan | 中国大陆 China | 中国香港 Hong Kong |

有了出发日,便要计算行程的日子,因为俄罗斯要签证,意味要先确定入境日才能申请,而离境日正是哈萨克斯坦的入境日,一环接一环,不容有失。

虽然持特区护照享有十四天俄罗斯免签证入境,而一般旅客签证是三十日,但我最希望可申请到九十天的私人用途签证,到时真的可以慢条斯理骑车。要拿私人用途签证,首要条件是得到一封当地居民的邀请信。我委托一位在圣彼得堡的朋友,希望她可以替我弄到一封邀请信。她说她致电各大小政府部门,从旅游局到地方警局,得到的答案都是"不知道、没听过之类"的回复。我想,若俄国人也办不了俄国事,铁杵怎么也不会磨成针,我还是省一口气,认命去办旅客签证吧。

我看看欧洲地图,简单画了一条往俄罗斯的心仪路线,全长约二千二百公里。一般来说,三

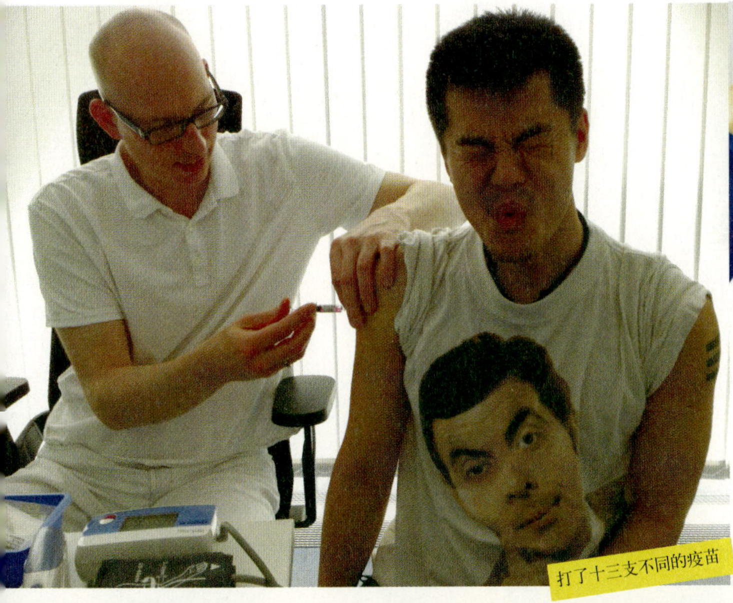

打了十三支不同的疫苗 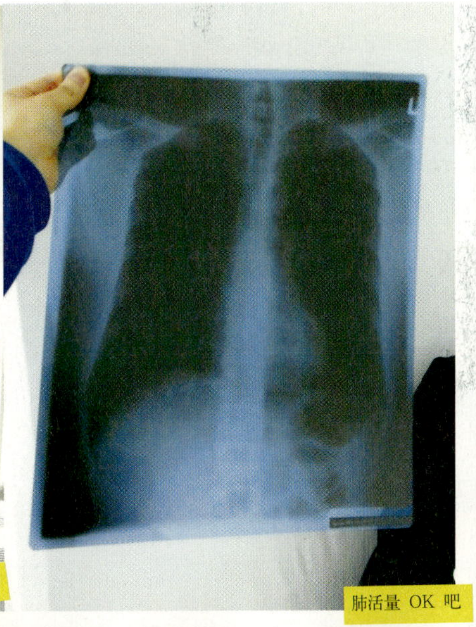　　　　　　　肺活量 OK 吧

欧洲各国的旅游指南　　多少也要学点儿俄语傍身　　不可缺少的应急药品

第一章
踏进梦里去

星期便可到圣彼得堡。但我自知是初哥，需要时间习惯单车旅行，亦需要充足时间休息。我决定以骑两日、休一日为计算单位，给自己五个星期时间，好让自己在这单车配套完善的欧洲慢慢热身，六月三日才抵达俄罗斯。

决定了第一段行程后，我参观了柏林的大型旅游展。展览场地很大，有穿梭展馆的巴士服务，世界各地的旅游局都各出奇谋去布置，推广当地旅游，热闹程度可以媲美世博会。虽然旅游展是要买票进场，但可以免费拿取很多有用的地图，亦可当场与当地人沟通，听取意见。最后发现欧洲的旅游资讯完善得很，连哪里有单车径、哪里有营地都一一尽录，但行程一到圣彼得堡，便前路茫茫了。没所谓，到时再买地图便是。

哈萨克斯坦的路比较简单，只有一条主要公路，根本没有迷路的可能性。而且我想游览的城市只有阿斯塔纳和阿拉木图，所以我会以这两个城市为目标去骑，其他地方都不太重要，希望

俄罗斯展区

询问有关俄罗斯过境事宜　　赞助商 Glasstique 送来的太阳镜　　我看到从柏林到圣彼得堡的路

出发前 Start off

德国 Germany ▶ 波兰 Poland ▶ 立陶宛 Lithuania ▶ 拉脱维亚 Latvia ▶ 爱沙尼亚 Estonia ▶ 俄罗斯 Russia ▶ 哈萨克斯坦 Kazakhstan ▶ 中国大陆 China ▶ 中国香港 Hong Kong

每天可以骑一百二十公里以上,然后随处露营。三十日的签证绰绰有余,七月三十一日便进入中国大陆。

至于中国大陆嘛,路在嘴边,反正又不赶着回家,给自己三个多月的时间去骑六千五百公里,抱着神州大地任我行的态度便可。简单一算,应该十一月中就能回到香港。

柏林旅游展大得要命

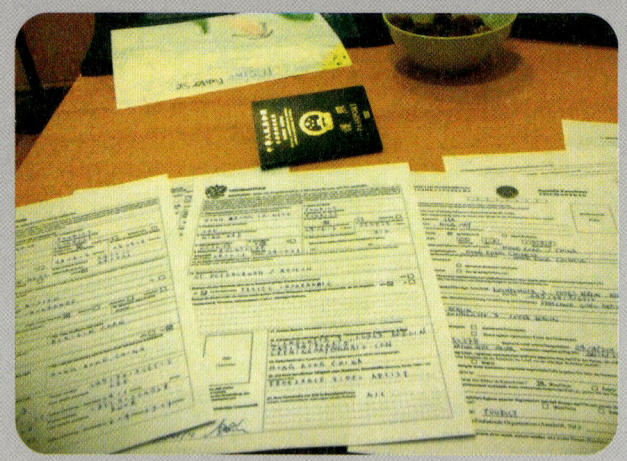

* 申请俄哈两国签证

单车游的三大要素：身体、签证、单车

我很清楚"身体"是单车旅行的主要元素，所以自十一月从香港返回柏林后，我便毫不怠慢地开始锻炼。每天跑步时都希望冬天不要太早来，因地面结冰便跑不了。正好那年十二月暖得出奇，连上天也鼓励我去锻炼，我也没借口停下来吧。但到了一月中，我开始疑惑，即使每天跑上七至十公里，对于将来每天要骑上一百公里单车真的有帮助吗？

二月一场欧洲的世纪冷锋，加上一场大病，锻炼的意欲一下子被击溃了。只剩下两个月的时间，要重新锻炼意志，只有一个对策，就是把自己变成一个消费者——我付钱加入了健身会，相信付钱是自我鞭策的第一步，至于第二步……总会踏出的吧。

同时，签证的难题出现了。一月底我到了一家办理签证的公司，说明自己的要求，便把俄罗斯和哈萨克斯坦两国签证的事交给他们，临行还说："不管花多少钱，最后给我发票便可。"不是我豪气，但德国人办事一板一眼，这点我颇信任。而且签证是必需的，若能用钱解决得了，我也乐得松一口气。

可是一个月后，签证公司致电我，说俄罗斯签证到手，却无法办理哈萨克斯坦的签证，他们的解释是无法替我弄到哈萨克斯坦的邀请信，原因是什么国籍问题，我虽存疑，但兴奋的心一下子沉了："这回连钱也解决不了，便

最后还是付钱到健身室

眼花缭乱　　二月的欧洲冷锋　　每天都跑步有用吗　　出发前五天，哈萨克斯坦签证到手

是真正的问题。"

定过神后，反而觉得事情有点儿刺激，因挑战已在无声无息中展开了。在网上搜索一轮，发现所谓的邀请信，是一封由当地旅行社、酒店等机构向政府旅游局担保的文件，政府旅游局再把信的正本传给指定的领事馆，然后自己拿着副本去领事馆办理签证。要得到这封邀请信，最方便的还是透过当地的旅行社。它们的网站都标榜自己公司富有经验，能替客人远程办理邀请信，收费一点儿都不便宜。虽我一向不太信任网上消费，但已想不到更简单的方法。

我选择旅行社的条件是付钱方便，银行直接转账，最怕那些要到存款机构汇款，再电邮汇款单，等几天核实后才开工的旅行社。要是收钱收得那

认识单车
跟单车专家讨论
第一次试 Diamant Pacer
Fahrradstation 的 Chris 替我悉心调校战车

么不专业,服务效率想必极有限。据旅行社网站显示,我接洽的公司在哈萨克斯坦境内,但在加勒比海的英属维京群岛注册,银行户口开设于拉脱维亚,传真号码却是德国国家区码,我正在环游世界般申请这封邀请信。这公司回复电邮的速度很快,但不是什么好消息。他们表示,邀请信只能在入境前三个月申请,意味最早四月二日递交申请,约五日后可把邀请信电邮给我,我再赶到领事馆去办签证。算一算,离出发日约三星期,够吗? 办理签证的公司说,只要文件齐集,一般五个工作日便拿到。

单车方面,我实在是一个门外汉,不管我翻多少单车杂志,上多少单车网站,他们推荐的单车,都是动辄数千欧元一部。可是我的预算只有一千欧元(1 欧元 ≈ 约 8 元人民币),还要包括鞍袋、后备零件等。所以最佳方法还是直接走到单车店,开门见山说明自己的财政能力和要求,让单车店给我选购单车。

到访过几间单车店,跟专家商讨、试车,发现一千欧元以下的选择真的不多,不过既然要

| 出发前 Start off | 德国 Germany | 波兰 Poland | 立陶宛 Lithuania | 拉脱维亚 Latvia | 爱沙尼亚 Estonia | 俄罗斯 Russia | 哈萨克斯坦 Kazakhstan | 中国大陆 China | 中国香港 Hong Kong |

不买也可以随便试　　学习补胎

"数米下锅",他们都乐意为我度身服务,以有限的资金把一部平民单车,改装成一部可以穿州过省的战车。综合了三个不同单车店的意见书,我选择了 Fahrradstation 单车店的计划。单车是 Diamant Pacer,15公斤钢架、24波段、28吋轮,一部极之平凡的都市代步单车。但我喜欢她的沉实,试骑的时候,我就感到我将能骑上她,平安地回到香港。她(请容许我这样称呼)像在说:"我不耀目,但有这耐力,不会把你抛弃于荒野。你何尝不是没有经验,但内心却有股力量,渴望挑战?我们要给对方一个机会。"

我必须信任我的单车,不应因为我买不起数千欧元的单车,便对平凡的她失去信心。信念远比金钱重要,不过实话实说,德国单车的品质根本不用怀疑,一分钱一分货,每一个细节都精雕细琢。只是在德国,没有人想过用这种车作长途旅行罢了。再者,我信任 Fahrradstation 的服务,他们知道我资金有限,于是替我免费或以极优惠价改装大部分零件,最后还赞助我两个防水鞍袋,又教会我不少修车技巧。

从 Fahrradstation 接走单车的一刻

旅程行装

单车：

Diamant Pacer Bike 24 Gears

U 型手柄

长途旅行防爆车胎（前：42-622、后：37-622）

头灯、尾灯、翼镜

车铃连指南针、手表

前轮行李架、后轮行李架

前轮行李袋两个

后轮行李袋两个（Fahrradstation 赞助）

车头手柄袋

刹车皮六对

后备内胎两个

后备轮辐

补胎工具：

各类后备螺丝、修车工具、手泵、劳工手套、麻绳、强力胶纸、强力胶水、索带、电筒、后备尾灯、后备车链、单车机油、反光背心、口哨

衣物：

防水风衣（Life Cycle 赞助）、防水裤、单车风褛、保暖护腿、保暖护臂、防水头盔套、头盔、骑行手套、单车鞋、防水登山鞋、拖鞋、抓绒外套、帽、凉帽、魔术头巾三条、长短衣裤两至三套、太阳眼镜两副（Glasstique 赞助）

电脑：

ThinkPad X220，ThinkPad Tablet （联想赞助）

其他：

水壶四支(共三升)、睡袋、地垫、单人帐篷、充气枕头、露营头灯、太阳能充电器、急救用品、平安药、个人卫生用品、腰包、手提电话、1TB 硬盘、 防虫喷雾、胡椒喷雾、各类旅游证件副本、小说两本、白纸簿、 口袋数码相机、中型数码相机、运动防水摄影机

第一章
踏进梦里去

"李明熙饱暖洗白白基金"卖物会

Lebenswelten Catering 赞助的欢送会

让恐惧到此为止

距离出发日余下两星期，但要处理的事还有一大堆。哈萨克斯坦签证在申请中，单车在订制中，帐篷等行装在搜索中，身体在锻炼中，加上要办妥离开德国的手续，我的身躯和思想完全被这单车计划占据。每晚躺在床上，我都幻想自己睡在帐篷内；每次运动，我都刻意让汗水在皮肤上风干。我不知道这算是准备还是过分紧张，但我感到时间的巨掌，在背后缓缓地把我推进一个不知名的领域。

我知道自己在恐惧中。

每见到一个朋友，我都毫不掩饰自己的恐惧，我需要的只是释放感受的对象。我刻意让自己在出发前尽情地怕，什么都怕，怕粮水不足，怕遇劫遇袭，能想象到的我都害怕过。因为我知道当旅程开始，我便不能再恐惧。现在是把恐惧一点一点释放的最佳时间，好让内心腾出空间，让兴奋感注入。

单车终于在出发前一星期到手，离开Fahrradstation时，我推着单车慢步回家，双手握着她的手柄说："我们一起回家吧，这段路不长，但下一段回家路可能辛苦点儿，可以吗？"双轮转动声比呼吸还要轻，在柏林春天的阳光照耀下，走在周六繁华的弗里德里希大街（Friedrichstrasse），经过曾经象征自由和不自由交点的查理检查站（Checkpoint Charlie），这将会是旅程的起点，我们会一起向东走，直到太平洋为止。

晚上是Lebenswelten Catering赞助我的欢送会，正好家里还有一两堆物品，便为"李明熙饱暖洗白白基金"搞个卖物会，也替物品找个归宿。这个基金是网上公开筹款的，为的不单是旅费，亦希望捐款人可借捐款，在日常生活中，抽空留意我的单车之旅，成为这趟旅程的一部分。

卖物会的所有物品都没有定价，我只放了一个小钱箱，让来宾自助购物。五个单车袋都被我装得满满的，有很多书籍和家电，相信比真正出发时还要重，正好乘这机会感受一下负了重的单车。到会场前骤雨刚停，马路面有点儿湿滑，轮胎防滑很好，抓地有力，但毕竟是新车，入弯时必须减速。

Lebenswelten Catering 为这欢送会，特意创作一系列名为 Bikini Food 的健康食品。顾名思义，要使食客无惧在夏日穿上比基尼展现身材。当然，是夜主角除了我和新到的单车之外，大家的焦点都落在两位比基尼女郎身上。后来看到照片，我才发现自己跟那些在赛道上准备的专业车手一样，有比基尼女郎相伴。我不知道赛车运动何时跟比基尼女郎扯上关系，但两位比基尼女郎的拥抱清楚地告诉我，我已是一位站在起跑线上的车手，为一场没有对手的赛事作最后热身。

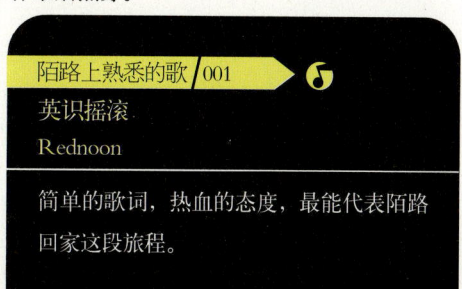

陌路上熟悉的歌 /001
英识摇滚
Rednoon

简单的歌词，热血的态度，最能代表陌路回家这段旅程。

第二章
热身的欧盟路

Hanno 送我到目的地　　Bobo 特别为我煮了咖啡　　Hanno 在头盔上写了祝福字句

法兰克福奥得河镇
Frankfurt Oder

柏林
Berlin

德国
Germany

波兰
Poland

前辈护航

　　离开居住了四年多的国家，最烦恼的是收拾行李，加上要装备单车，实在烦上加烦。但既然出发时间已定，那只好减少睡眠时间。最后只睡了三个多小时，早上起来，头有点儿晕。不过，到达查理检查站后，见到很多在柏林认识的朋友，感动得很，也不觉得头晕了。

　　很多朋友问我，最不舍得德国的什么。说实在的，除了看欧洲足球不用通宵外，就是在德国认识的朋友。我们在同一时空，在同一国家分享同一份回忆。但"天下无不散之筵席"，正因为"散"，这个"席"才令人回味。

　　握手、拥抱、合照过后，终于等到那专为游客的护照盖上东、西柏林出入境印章的小摊档营业。以前一直想盖，可惜旧护照没剩余太多空页，现在新护照终可得偿所愿。印上的日期是"28 Apr 2012"，冲过朋友用厕纸做的起步线，"陌路回家"正式启程！

　　第一天的目的地是一百公里外的法兰克福奥得河镇（Frankfurt Oder），是波兰边界前的一个德国小城镇。前辈 Hanno 昨晚说希望可以送我出城，我实在求之不得。出发前两星期我因工作认识了 Hanno，他是单车旅行的老专家，给了我很多专业意见，还送了我很多实用装备。最使我受宠若惊的，是他建议用那轻如羽毛的

| 出发前 Start off | 德国 Germany | 波兰 Poland | 立陶宛 Lithuania | 拉脱维亚 Latvia | 爱沙尼亚 Estonia | 俄罗斯 Russia | 哈萨克斯坦 Kazakhstan | 中国大陆 China | 中国香港 Hong Kong |

往法兰克福奥得河镇的单车道　　查理检查站曾经象征了自由和不自由的交点　　到了法兰克福奥得河镇

第二章
热身的
欧盟路

朋友用厕纸做的起步线（Courtesy of plannoplan.com）

头盔跟我交换，我的头盔原价是一百五十欧元，以重量换算，他的肯定超过三百欧元。

Hanno 跟我一直沿着单车径走，不到一小时已离开柏林。我渐渐领会这次离开柏林，是真正走上陌路，看过的风景不再回来。一想到未来大半年无家可归，不禁兴奋起来。我看看 Hanno，他好像没有回头的意思。我知道他会伴我到法兰克福奥得河镇，感激之余，也替他担心，因为他的背包内只有一瓶水和丁点儿干粮。奇怪的是我们穿过村庄无数，却没有一间小店，只好拍门要水。

天气很好，万里无云，对于一个长期生活在德国阴沉天气中的我，原是一个好日子，但对于一个只睡了数小时的初哥来说，这也绝对是中暑的"好日子"。还有不到二十公里的路程，身体不停打战、想吐，我倒下了。我告诉 Hanno 要休息，

| 出发前 Start off | 德国 Germany | 波兰 Poland | 立陶宛 Lithuania | 拉脱维亚 Latvia | 爱沙尼亚 Estonia | 俄罗斯 Russia | 哈萨克斯坦 Kazakhstan | 中国大陆 China | 中国香港 Hong Kong |

✽ "陌路回家"正式启程！

　　取出地垫，在公车站的地上睡了二十分钟。醒来虽然还很累，但没有想吐的感觉了。

　　到达法兰克福奥得河镇是晚上七点，比原定时间晚了一小时，我相信若没有 Hanno 的步速引领，我定会骑得更慢。今天在 Hanno 身上学了很多长途骑车的知识，虚心学习是这趟旅程的一个态度。人生第一次骑一百公里的距离，在生理或心理上都是很大的胜利。能平安度过第一天，便可平安骑一星期、一个月、半年。至少，我是这样鼓励自己。

　　送别前辈 Hanno 后，便与接待我的沙发客和他的朋友 Nina 去晚膳，地点是波兰边境对岸的一间比萨店。看着彼岸，知道明天将正式离开生活了四年半的德国，待了四年多，现在才有勇气去翻开新一页。

　　在比萨店内翻阅菜谱两次后，爱好肉食的我竟把视线停留在沙拉的一栏。我深深感受到疲惫的身体向我发出讯号：「要求蔬菜，强烈反对用力消化。」是学习聆听身体的时候了。

第二章 热身的欧盟路

基耶斯洛夫斯基在罗兹的星光大道　电影《十诫》中的屋苑　华沙的地标　近四十五度的路面气温

德国 Germany　法兰克福奥得河镇 Frankfurt Oder　波兹南 Poznan　波兰 Poland　罗兹 Lodz　华沙 Warsaw

为基耶斯洛夫斯基送上鲜花和咖啡

在单车上生活了近一个星期，原以为两腿定会酸痛不已，但竟然没有感到痛楚。反倒在第一天骑行时，两臂未适应负了重的前轮，停下时单车往左一跌，下意识单手把车一提，沉重的车身便拉伤了我的左肩。

波兰的公路很好走，对我这位单车初哥来说，是感受何谓单车旅行的好时候。独个儿走，什么事都要自己领悟。

单车码表我一直带着，但并没安装，我不希望距离和速度等资讯影响我骑车时的情绪。虽然我每天都有既定的目的地，但我并不赶时间，时速十二公里和十四公里对我影响不大。当我体力够、顺风，当然会快；反之，疲累、逆风，自然会慢。我希望先认识自己的身体，继而改变行车速度，而并非靠码表提示我。

还记得电影《极速传说》中的一幕戏，郑伊健在泰国赛摩托车，柯受良告诉他怎样才可以超越自己，说毕便把摩托车上的速度针拿掉。对，没有指标时，我自然要聆听身体的反应，再学习有效地运用挡速去配合，达致人车合一的境界。经过连日的骑行，我大致可从风速、路书等资料，了解自己的速度和休息时间，毕竟机械是辅助工具，"人"才是本。

在波兰树林走着，忽然看到远方公路旁有个身影，走近，原来是个风尘女子（我是从她的浓妆艳抹猜测），谁料她真的向我搭讪，我

| 出发前 | 德国 | **波兰** | 立陶宛 | 拉脱维亚 | 爱沙尼亚 | 俄罗斯 | 哈萨克斯坦 | 中国大陆 | 中国香港 |
| Start off | Germany | Poland | Lithuania | Latvia | Estonia | Russia | Kazakhstan | China | Hong Kong |

我送上鲜花和咖啡

心想，太看得起我吧？我还有未知的路要走，实在是有心无力。

骑往华沙之前，我在罗兹停留一天，原因是我最敬爱的导演克日什托夫·基耶斯洛夫斯基曾在这里读电影，我希望可在城里找到他的足迹，感受这城市给他的生活养分。

我是从他的毕业电影《来自罗兹》（From the City of Lodz）中认识这座城市，在他的镜头下，城内人的生活虽是单调清闲，但总是面带笑容。而我所见四十多年后的罗兹也是大同小异，即使这里新建了特大购物中心——他们称之为城市中的城市，但人们都是慢速游荡，老年人在公园下棋赏花，青年人三五知己坐在长椅上谈天说地。

2009年我来过华沙一次，当年为扫墓而来，今天是回家顺路道个别。那年我为基耶斯洛夫斯基带了一根香烟，还自制了致敬短片《I Brought You a Cigarette》。现在因要保留气力骑车，不想陪他抽烟，所以我买了鲜花和咖啡：" 对不起，咖啡我喝了一半才给你，算是分甘同味吧。"

坟场对面的屋苑，正是基耶斯洛夫斯基1989年拍摄《十诫》的主要场地，我成功用手语说服了保安伯伯开闸让我入内拍照。从照相机的取景器观看这屋苑，一幕又一幕《十诫》的画面在脑海中渐渐浮现：送牛奶的青年；坐不到出租车的孕妇；陪伴旧情人的有妇之夫……他们还活在这里。我呼吸到二十多年前基耶斯洛夫斯基在这里工作的气息，一种决意用影像把人性呈现的艺术气息，他的精神会在这屋苑永远长存。

陌路上熟悉的歌 / 002
Song for the Unification of Europe
Zbigniew Preisner

站在基耶斯洛夫斯基的墓前，脑里响起电影"蓝"的主题曲，挥之不去的哀伤。

第二章 热身的欧盟路

潜入树海

原来只需十二日,便横越了波兰,明天便要进入立陶宛。昨晚在网上找到一家离立陶宛边境七公里的家庭式旅馆,四十兹罗提(1兹罗提≈2元人民币)一晚。因为不接受信用卡,我亦正欠些波兰钱,早上出发前便多兑了四十兹罗提,先买些干粮,余下的就在路上吃得放任一点儿,反正也是在波兰的最后一段路了。

到达中途站奥古斯图(Augustow)才不过二时,今天决定找一家舒服的餐厅,来一个悠长的午休。起行以来,从没试过中午上餐厅,一来觉得贵,二来花时间,三来吃得太饱不好骑车。但口袋里的兹罗提知道自己的命运过不了明天,今天定要被解放。

餐厅在屋苑的正中央,我坐在露天草地的

他把汽车截住,让我先行　　我最爱的路牌　　家庭式旅馆的农舍

第二章
热身的欧盟路

馆主的儿子，破坏王一名　　日照时间越来越长　　香港近在咫尺远在天涯　　消暑良方

大太阳伞下，很多小孩和妇人走过，有点儿像回到荃湾福来村的感觉。薄而大块的炸鸡排，鲜橙色的萝卜沙拉，三个乒乓球大小的薯蓉，他们的午餐定食才不过是九兹罗提，再加两杯自家制的Kompot果汁才合共十二兹罗提（约二十四人民币），味道也恰如其分。

休息约两小时，便再上路。我从地图上知道这是郊野公园，但没想过这是一个要骑三十公里以上的森林，当中只有不见尽头的直路。我爱这条路是因为两旁高耸入云的大树，应该有二十米高吧，森林将周遭的一切隔绝，我被这树海包围。这里没有货车，特别安静。我没有听音乐，用心去听森林之声、鸟声、风声和自己的呼吸声。我用力吸入这绿色空气，放下思绪，不用看翼镜，亦不需担心货车。心也是平静的，是树海把我的忧虑淘走。

家庭式旅馆在一个湖边，到达时刚好黄昏，还可在阳台欣赏斜阳湖泊的美景。馆主是一对年轻情侣和他们一岁半的儿子，他们在波兰第二大城市克拉科夫（Krakow）读完大学后，决定归园田居，过着自给自足的生活。馆内有两匹马，常翻过栏杆跑到湖边吃草，在我短短逗留的一天，马匹已走失了三次。他们说，有朝一日会骑着这两匹马，带着儿子一起回到克拉科夫。

我跟女馆主Justyna说，付了房租后还余下二十兹罗提，问她能否尽量安排晚餐和早餐。她说没问题，两餐都是有机田园私房菜，今天钱花得特别高兴。

午餐定食　　　　　　　　　　　这些交通工具都不可以上马路

看到有顶篷的公车站像看到绿洲般高兴　　　　　　他们是从瑞典来的

蒲公英的启示

　　早上打开窗,一股闷气涌入房间,外头密云满布,山雨欲来。是波兰不舍我离去,还是立陶宛想替我洗尘?备车的时候已下着毛毛雨,这是出发以来第一次下雨,我也马上换上防水装。

　　离开波兰的一刻,终于感觉自己在旅行。过去十多天,我一直在学习单车旅行是什么,虽然还是很皮毛,但总算是有点儿头绪,而且我对波兰也算是有些认知的。不过波罗的海三国是什么,我一点儿也不知道,名字听起来十分优雅。但名字不代表什么,小时候常笑说自己家可眺望蓝巴勒海峡,实际上这只是荃湾和青衣之间的一条窄小航道的名字罢了。

　　进入立陶宛后,天空依然乌黑,路面质素和风景与波兰分别不大,只是失去了一小时,因为两国有时差。雨停了,我也逐渐换回普通的骑行衣,以为会一身轻,但不知何故,完全提不起劲,左肩又突然发痛,有时痛得不自觉地大叫起来。

　　公路沿途竖着里程碑,从正面看是数值递增,从背面看是数值递减,我不知这是否到下一个城市的距离。那种期待看到前面里程碑的心情,

在维尔纽斯有缘遇上中医师　　以重量为购买单位　　肩痛使胃口大减　　泡了一个不热的澡

不停地折磨着意志,我太在意这些数字的出现次数了。今天没有特定目的地,只要两日之内骑到一百七十公里外立陶宛的首都维尔纽斯(Vilnius)便可。

　　骑了三个小时,发现自己不在状态,连呼吸都好像有困难。今天的路很斜,全是大起大落,那自然是"下坡一分钟,上坡十年功",龟速上坡的时候,忽然看到蒲公英的种子在空中飘浮,预感暴风雨即将来临。

　　空气没有流动,乌天盖地,湿度奇高,我开始明白肩膀是风湿痛。我的风湿一向对风雨敏感,只是在干燥的德国住久了,一下子忘了这湿气。

我决定发短讯给香港的支援队,问有关下一个城市阿利图斯的住宿资料,这才发现香港的电话卡只能收讯息,不能发讯息;幸好我用双卡手机,德国的电话卡运作正常。

　　到阿利图斯已四时多,还好赶得及在周末银行闭门前兑钱。在市内散步一圈,买些简单零食当晚餐,便回酒店泡个热水浴。可惜热水却不太热,痛楚虽未消,心情总算好转。

　　半夜雷电交加把我吵醒,摸着痛楚的左肩,看了一会儿雷雨,想想以后怎样应对冷雨中骑行,想着想着,再进梦乡。

第二章
热身的欧盟路

PL 是波兰，LT 是立陶宛

希望衣物挂一晚便干

总有摔倒的一天

走过首都维尔纽斯和第二大城市考纳斯(Kaunas)，便往克莱佩达(Klaipeda)进发。这次有两条路可选：一条是 A1 高速公路，全程二百一十公里；另一条是沿着尼曼河(Nemunas)的 141 公路，全程二百四十公里。高速公路虽然安全，而且有宽阔的路肩，可快速行车，却平坦得有点儿闷。之前从维尔纽斯到考纳斯是骑 A1 的，沿途除了油站和公车站，偶有几名修路工人。眼见差别不是太多，我便决定走 141 公路，而且这是旅游中心推荐的单车路线，相信可看到更多有趣的景色。

自从进入立陶宛，天气阴晴不定，早上气温下降，我也盛装上阵，既要不湿身又要保持体温。一直记着离开考纳斯时，只要沿河往西走便成。可恨单车道半路中断，我一心以为河一直在左边，自然是向西出城。但不出半小时，路越走越烂，从城市的柏油路变成荒郊的沙石路，而沙石路在雨后积水慢慢变成泥路。我入弯不慎，连人带车摔倒在泥地。所幸穿了长袖衣裤，人没大碍，车也只是车头手柄脱了位，简单修理一下便可。

我知道已经迷路，但总不能回头，因为河还在我左边，最多是走远了，不觉走错。可是再往前走，发现左右都是河，我开始困惑，难道上了半岛？为确认这点，我不服气地骑到了路的尽头。

我上了宝贵的一课，今后宁愿冲上大马路，再也不走非柏油路的单车道。

回头返上公路，天气依然很坏，雨很大，我的眼镜像潜水镜一样，眼前有积水在摇动，上坡时身体发热，偶有雾气，手套全湿，十指冰冷，连防水鞋都开始渗水。狂风一直从正面吹来，大雨打在脸上时还有点儿痛，体温也骤降骤升。我一面看着旅游中心提供的地图，一面四周张望，哪有单车道呀？根本是与货车争路，被骗了。

河岸两边的特色是每个小镇都有堡垒，据说十二世纪末，立陶宛是最后一个被基督化的国家，而尼曼河正是他们的重要防线。堡垒大多在山上，我实在没气力骑上山细看，只好在山下经过时窥看一下。反而，我驻足每个堡垒下的公车站，镇与镇之间相距整整十公里，而途中只有一个可避风挡雨的有顶逢的公车站，所以我也每十公里小休一会儿。

真正的单车道，出现在今天目的地尤尔巴尔卡斯(Jurbarkas)前几里路，原先有想过在河边露营，但极需要一个热水浴恢复体温。在房间仔细洗掉单车上的泥污后，便到超市补给粮饷。离开超市时，看到漫天红霞，经历过的艰辛也一扫而空。

4.72 立特的诚意

在立陶宛一周，我学会了不信任单车道。说出这样的话，是因为我每次使用单车道，都会被引领到无人之境。不过今天的克莱佩达十号单车道，据说是一条被国家极度重视的单车道。克莱佩达确实是我在立陶宛看到最多单车友的城市，所以在立陶宛的最后一天，我还是骑在单车道上，希望这次不会再被骗。

十号径的确名不虚传，全程柏油路，而且风景怡人，有绿林，有海洋，有草原。空气中混合着海和树林的气息，加上朝阳照耀，这样骑车简直是梦寐以求。经过往拉脱维亚前，最后一个小城帕兰加（Palanga），从酒店的格调、车辆的档次、路人的衣着，都不难猜出这是个高级度假胜地。我口袋剩下 8.72 立特（1 立特 ≈ 2.4 元人民币），很想在离开立陶宛前喝一碗著名的波罗的海鲜鱼汤。但看了几间餐厅的菜单，都不是我能负担的价钱，所以只点了一杯四立特的格瓦斯，看着天海一色的美景，吃自己的干粮。

离开帕兰加时不断暗骂自己愚笨，为什么不把口袋里的 4.72 立特用掉，买雪糕也好，巧克力也好，总好过现在变成铜铁。眼见边界愈来愈近，边境前竟然出现一间小餐厅，门口的 "OPEN"

| 出发前 Start off | 德国 Germany | 波兰 Poland | 立陶宛 Lithuania | **拉脱维亚 Latvia** | 爱沙尼亚 Estonia | 俄罗斯 Russia | 哈萨克斯坦 Kazakhstan | 中国大陆 China | 中国香港 Hong Kong |

风和日丽　　　　　　　帕兰加　　　　　　　格瓦斯

037

灯箱红红蓝蓝地闪着,意味着"你的钱可在这里用掉"。

掌柜是一对母子,儿子约六岁,她们身后坐着一个老婆婆,可能是孩子的外婆。我右手从裤袋取出所有零钱问:"这些钱够买一碗汤吗?"年轻母亲看了一眼,拿起四立特答:"足够有余。"

我问:"有鱼汤吗?"

"今天没有,只有红菜汤。"

红菜汤是立陶宛的地道菜,一般冷饮,有土豆和面包伴碟。我不太喜欢冷汤,但也不讨厌,便把 4.72 立特全都给她。她找回零钱,我表示将进入拉脱维亚,她可以收下。她却惊讶地说,这可以多点一杯咖啡。我的反应比她更惊讶,竟然还可点其他的?而且她竟这么老实!

等候食物送来的时候,我看到她很仔细地擦净玻璃杯,每一个都拿在空中细看,确认一尘不染。我回想刚才坐在后面的婆婆,她戴着厨师帽、穿着厨师服的啊!送来的红菜汤是热的,内有碎肉,应该是邻国拉脱维亚式的吧。不管它哪国的,好喝便可。虽然今天很热,但喝下这碗热汤,再加一杯香浓黑咖啡,到利耶帕亚(Liepaja)的六十公里实在没难度。

过了境,路很烂,不过车也不多,乘着风时速达十八公里,三个多小时便到达利耶帕亚。同样是波罗的海,利耶帕亚比克莱佩达蚊子多得多。我向来是蚊子的惹火尤物,不到半小时,已经双腿红肿。我只好自我催眠:"冒险家不怕蚊叮虫咬。"

当然是一点儿也不管用。

难得一天不用装行李骑车

第二章 热身的欧盟路

著名的十号单车道

如果我骑这车便可边赚钱边游玩

吃进肚里的 4.72 立特

春天处处花香扑鼻

翼镜里的波罗的海

这小鬼使我看不到克莱佩达的地图

在克莱佩达做了一个小分享会

与单车漫步在 Kursiu Nerija National Park 沙滩

第二章
热身的欧盟路

中世纪堡垒与B&B

从利耶帕亚到拉脱维亚首都里加，我第一次体会到强烈逆风，单车停滞不前，黄色的风衣被风打得沙沙作响，但我刻意挤出笑容，算是向强风示威。

逗留里加数天，认识了刚满十八岁的沙发提供者Karlis，他是单车热爱者，这期间成了我的单车向导。但我向身为业余橄榄球员的他重申，我不能骑太快，毕竟停留的日子是休息日，我也不太习惯没有负重的单车。他带着我在城中穿梭，看被纳入世界文化遗产的新艺术派建筑，又到拉脱维亚的传统人民饭堂。临别前，我把一直带着的单车码表送给他，因他比我更懂得用这仪器。

休息了两天，再次出发，原定目的地是Gauja国家公园内的萨西斯，当日主打景点则是锡古达小镇（Sigulda）附近的一个中世纪堡垒。可是离开里加时迷了路，加上逆风仍旧吹着，山路不陡却长得要命，到达锡古达已经是下午四时，才骑了约五十公里，距离萨西斯虽只剩三十多公里的路（约三小时路程），但若为赶路而在堡垒内走马看花，便有点儿本末倒置。我是因为要看堡垒而跑进国家公园，所以我决定住在锡古达，抱歉地致电在萨西斯的沙发提供者，说句缘悭一面。

图雷达堡垒在锡古达对岸五公里的小镇，在旅游中心拿到的地图都只列出道路和方向，没有显示高度。来到山谷口，我呆了一下。之前体验过4%下坡的快感，现在看到面前的11%下坡，没半点儿兴奋，因为我知道看完堡垒后要循原路回到锡古达。11%下坡，其实是很危险的，地面若有不平，我肯定被抛出百米之外，更有机会撞上对头车。下坡后便是谷底，过了河，看到图雷达堡垒高高在上，心里暗骂一句可恶，即时体会到11%上坡的迫力。

大概是因为眼睛不离堡垒地爬上这段地狱坡，总觉得图雷达堡垒分外迷人。我双脚颤抖地慢慢走上瞭望塔顶，俯瞰三百六十度的森林，想到中世纪时，人们若要侵占这座堡垒，根本是天方夜谭。

看罢堡垒，回到锡古达，旅游中心的小姐热

| 出发前 Start off | 德国 Germany | 波兰 Poland | 立陶宛 Lithuania | **拉脱维亚 Latvia** | 爱沙尼亚 Estonia | 俄罗斯 Russia | 哈萨克斯坦 Kazakhstan | 中国大陆 China | 中国香港 Hong Kong |

拉脱维亚的人民饭堂

Tija B&B

向强风示威的笑容

里加

陌路上熟悉的歌 / 003
Blowin' in the Wind
Bob Dylan

每当逆风，我都会胡思乱想，不过鲍勃·迪伦很冷静地告诉我所有答案。

045

第二章
热身的
欧盟路

Kartis 是我在里加的单车向导

心地为我搜寻住宿，最后找到 Tija B&B。Tija 是位八十三岁的婆婆，独自经营家庭旅馆。我到达的时候，她正为我整理房间。我俩用德语沟通，我见她行动有些不便，说可以帮忙，她却礼貌地拒绝，坚持要亲力亲为。我亦不好意思打扰敬业的她，便出外买点儿简单的零食作晚餐。回来时，房间如酒店套房般整齐，包早餐才不过是十拉特（1拉特 ≈ 12元人民币）。

晚上来了几位俄罗斯客人，Tija 以俄语对答如流。我忽然记起在里加参观过的 Museum of the Occupation of Latvia 1940–1991，关于拉脱维亚被纳粹和苏联分别统治时期的一个历史博物馆。看看在厨房煮菜的 Tija，她不正是经历过纳粹和苏联统治的一代，活着的一本历史书？

这艺术品竟在深圳也有　　在厨房煮菜的 Tija　　沙发客贴纸　　LV 就是拉脱维亚的缩写

046

面对这样的路况，只有推车

第二章 热身的欧盟路

第一次露营

单人帐篷就是这么狭小

早上起来发现营内滴水

第一次露营

起床后，与 Tija 吃过早餐，交谈一会儿便出发。从锡古达到萨拉格里瓦(Salacgriva)约九十公里，吹东南风，北上不太困难。既然昨天骑过斜坡，今天就坐吊车过山谷，既可保留体力，也可赏赏风景。

旅游地图上显示，走沿岸的 Saulkrasti 比走内陆的 Limbazi 快。地图推介的 Saulkrasti 唯一景点是一间开了十五年的饼店，心想：那有什么大不了呢？但既然经过，又是午膳时间，总要满足好奇心。

饼店就在市中心，说 Saulkrasti 是市，也只不过是一条长七公里的主街。若要找出这饼店的特别之处，便是这里有一部卖土耳其烤肉的烧肉机，因为非常格格不入。我最后竟然也点了土耳其烤肉，当然，为了给这饼店一个公平的评价，我也点了蛋糕和咖啡。说实在的，味道不太特别，但坐在吧台上，跟四位活力充沛而漂亮的女孩交谈，我想，这的确是值得推介的旅游景点。

沿着海岸线北上， 到达萨拉格里瓦已六时半，旅游中心刚关门。看看门口的地图，得悉不远处有个露营地，问路价，收费可不便宜，五拉特，

没热水，只有一个厕所。不过出发这么久，也未试过露营，第一次还是找个比较安全的地方试试吧，帐篷至今只开过两次，第一次在柏林家中的房间，第二次在柏林家楼下的花园。第一次扎营时，我因它那笨拙的设计而差点发脾气。第二次有了经验，手脚快了，加上扎营地点在花园里，营钉可打紧一点，对帐篷的信心也增加了。今天是第三次，手脚更快，但这次要考虑什么可放营内，什么放营外。因为帐篷的阔度不够。最后决定除食物外，衣服、电脑等东西都放营外。

接近六月，拉脱维亚已没有黑夜，我戴上眼罩睡觉，半夜很冷，全身颤抖。出发前在零下五度时于家中打开窗户测试过睡袋，难道现在低于零下五度？看看时间，才不过四时左右，还是起来穿衣服吧，可以多睡几小时。

帐篷空间很小，近篷门的位置仅仅让我坐起来。当我坐起时，头碰到篷顶，头发全湿了。我再摸摸四周，全都是湿的！下雨吗？我立即探头一看，没有，只是雾气。难道帐篷连雾气也抵不住？这个帐篷是我在出发前一星期买的，是整个柏林最便宜的，价值一百欧元，也许在德国人

第二章
热身的欧盟路

之前已经骑过的山谷路

坐缆车过山谷 | 派尔努到处都是烂屋烂地 | Saulkrasti 的旅游景点是一间饼店

关门的旅游中心外放着这个 | 公车经过时应该看不到等车的人吧

| 出发前 Start off | 德国 Germany | 波兰 Poland | 立陶宛 Lithuania | 拉脱维亚 Latvia | **爱沙尼亚 Estonia** | 俄罗斯 Russia | 哈萨克斯坦 Kazakhstan | 中国大陆 China | 中国香港 Hong Kong |

眼中，这种货色，没什么好投诉，但对于来自"制造业强国"的我，一百欧元的帐篷，应该附空调了。

心里暗自盘算，有幸，有不幸。幸者，我在进入俄罗斯前发现了帐篷问题，还有时间对症下药，因在俄罗斯会以露营居多；不幸者，要花钱买一个新的吗？迷糊之间，太阳开始出来，气温回暖，我也再入睡。

六点多，帐篷就像蒸气室，且开始滴水。我只好收拾东西起床。当我走出帐篷，摸摸篷面，是干的，我才恍然大悟，湿的只是帐篷里面，说明帐篷的通风很差，全是睡觉时呼出的湿气。边骑边想，不知不觉从镇中小路骑到爱沙尼亚。今天骑沿海小路，好让海风把睡得不好的我吹醒。

到达派尔努后，跟沙发提供者Aili谈论帐篷的事，她说在波罗的海沿岸露营，这样子很正常。这时候，我最爱听安慰说话，我并不想多花钱买一个新的帐篷。我自知露营经验不多，下次唯有打开帐篷门，只用蚊帐，希望这样会比较通风，而且夏天将至，应该不会冷死的。

第二章 热身的欧盟路

KGB is looking at you

爱沙尼亚的蚊子,是最贪得无厌的蚊子。晚上在派尔努的一间餐厅喝咖啡,穿着长袖衫裤,换上拖鞋,以为可让双脚舒服点,结果左右脚面都被蚊子叮肿了。骑车时要穿短裤,我也早喷过驱蚊水,可惜,蚊子偏偏空降在头上。是手刃仇人的时候了,前额却被叮得肿了起来。听说爱沙尼亚艾滋病患者特别多,希望打出来的都是自己的血吧。

派尔努被誉为爱沙尼亚的夏日首都,因为不少人在夏天时都会来这里避暑。而在她北面125公里的塔林,才是爱沙尼亚真正的首都。塔林的古城是世界文化遗产,是中世纪后期的汉萨建筑。不过在欧洲生活过一段日子,对这些古城古堡都看得有点儿腻。所以当我听到 Sokos Hotel Viru 顶楼有一间 KGB 博物馆时,立即满心好奇,跑到酒店购票预约。

我不谙前苏联的历史,KGB 一字更只在间谍电影中听过,第一个联想到的人,便是俄罗斯

芬兰 Finland

圣彼得堡 Saint Petersburg

塔林 Tallinn

拉克韦雷 Rakvere

施拉美耶 Sillamae

纳瓦 Narva

派尔努 Pärnu

爱沙尼亚 Estonia

俄罗斯 Russia

萨拉格里瓦 Salacgrīva

拉脱维亚 Latvia

052

| 出发前 | 德国 | 波兰 | 立陶宛 | 拉脱维亚 | **爱沙尼亚** | 俄罗斯 | 哈萨克斯坦 | 中国大陆 | 中国香港 |
| Start off | Germany | Poland | Lithuania | Latvia | Estonia | Russia | Kazakhstan | China | Hong Kong |

VIA BALTICA

053

第二章 热身的欧盟路

窃听室人去楼空　　　　　窃听室门外写着房里没有东西　　　　　请勿携枪进油站

现任总统普京,因他曾在东德当过 KGB。博物馆入场费七欧元,不算便宜,不过导游近两小时的解说,风趣生动地演绎传奇般的历史故事,加上 23 楼酒店顶层的塔林风景,确是物有所值。

苏联时代,为了保护国民免受外界思想影响,对外来资讯和所有到访的外国游客严格审查。1972 年开业的 Sokos Hotel Viru 原属 Intourist 物业,Intourist 是苏联时期的国营旅行社,游客若到访苏联属地,都必须透过 Intourist 办理所有手续,服务包括衣食住行。意思是,游客踏入 Sokos Hotel Viru 后,Intourist 会照顾你的所有需要,确保你没有离开酒店的理由,以便 KGB 的监视。

酒店的服务和排场绝不儿戏。为了让外宾感受到苏联的"大国风范",酒店员工和住客的比例是二比一,配合 KGB 的窃听,住客只需在房间自

喂小鸟是一件乐事　　　　　　　　　　　Sokos Hotel Viru　　　　　　　　　手刃毒蚊

言自语说没有卫生纸，服务员便会马上送来。久而久之，KGB 的存在变成人所共知的秘密。

另外，当时爱沙尼亚人的生活水平其实很低，国内物资缺乏，不少外宾都会私下与员工进行黑市买卖，有时以金钱交易，有时以物易物。据说，能交上酒店员工为朋友，比手上的钱还有用。而 KGB 的监察工作亦从窃听住客，扩展至监视所有员工的一举一动。

1991 年 KGB 瓦解，23 楼的窃听室人去楼空，直到 1994 年才被发现。至今，房内还保留当年窃听人员遗留下来的烟蒂及一些器材。我一面听着故事，一面看着那些冰冷的窃听仪器，脑里一面想着德国电影《The Lives of Others》那种灰灰沉沉的调子，的确难以想象这不过是二十年前的事。但再想想，难道我们现在就没有被监视着吗？

第二章
热身的
欧盟路

Rakvere 堡垒

"蜜月"终结

　　从塔林到俄罗斯边境只有二百公里,离开中途站拉克韦雷(Rakvere)时,沙发提供者Maris说沿着海岸骑到施拉美耶会比上公路有趣。我见路程相若,能避开公路当然尽量避开。到达海岸线时,我看傻了眼,我骑在悬崖边,只见天海一色,目光无法离开这一百八十度无遮挡的海景。路况从柏油路慢慢变成泥石路,再下了点儿雨,逆风

也强,的确不太好走。不过我也刻意骑得很慢,因为这是我回香港前,最后一次接触海洋,我誓要把海洋气息吸个饱满。

　　临近施拉美耶,遇到一对五十多岁的加拿大骑车夫妇,他们刚从圣彼得堡出发,目的地是柏林,我正好打探一下俄罗斯的路和有关过境的问题。

一百八十度无遮挡的海景　　　　不管如果,只要向前走　　　　Rakvere

056

| 出发前 Start off | 德国 Germany | 波兰 Poland | 立陶宛 Lithuania | 拉脱维亚 Latvia | **爱沙尼亚 Estonia** | 俄罗斯 Russia | 哈萨克斯坦 Kazakhstan | 中国大陆 China | 中国香港 Hong Kong |

对岸的俄罗斯城堡

"过境不困难，人多，却没什么阻滞，但俄罗斯的路很差。"丈夫说。

"差到什么程度？"我问。

"在骑行界，差的路一般有三类：第一是烂路；第二是车多；第三是烂路又车多，而俄罗斯是属第三类。"丈夫说罢望着太太，太太点头认同。

施拉美耶虽在爱沙尼亚境内，但这里住的近八成以上都是俄罗斯人。接待我的沙发提供者Sergei一家就是在苏联时代移居过来的，爱沙尼亚独立后便在此定居。他们给我讲解了很多俄罗斯文化，更教我一些简单俄语句子和单字。我很快便学会了面包、抓饭、茶、咖啡、糖、奶的俄语，单凭这几组字词，我自信可"横行"俄罗斯和哈萨克斯坦两国。跟 Sergei 一家分别时，他们说外

加拿大骑车夫妇　　　　　爱沙尼亚国旗　　　　　俄罗斯风格

057

第二章 热身的欧盟路

婆住在俄罗斯的车里雅宾,是我往哈萨克斯坦前的最后一站。若有需要可替我联络,我自然欢喜答应。

在欧盟的最后一个骑行日,我刻意安排只有27公里的短途到边境纳瓦。过去听得太多俄罗斯的传闻,我感觉自己将要进入一个外星世界。语言、文化、交通、地理都跟欧洲其他国家截然不同,我希望早点到纳瓦,有多一些的平静时间调整自己的身体和心理。

漫步在边界的河畔,看着对岸的俄罗斯城堡,从出发的第一天开始,所有的东西对我来说都是新的。虽然没有刻意地要碰上什么奇遇,但却每一天都是奇遇。不管转左或转右,都是一条新路,看到的、遇到的,都是新奇的。每天都在享受着这种新冲击,从每件事觉得奇怪,变得每件事开始有所领悟。纵然未必事事有答案,但至少刺激我去思考。自己亦极享受这种流动生活,原始而实在,走过的路可以用单车轮的圆周去计算。

一个多月的单车"蜜月期"已经告一段落。今后,语言已经没有用了,前面的俄罗斯之路才是真正的测试!

陌路上熟悉的歌 /004
Just a Ride
Jem

没有歌比这首更能放松我骑行时的紧张情绪。

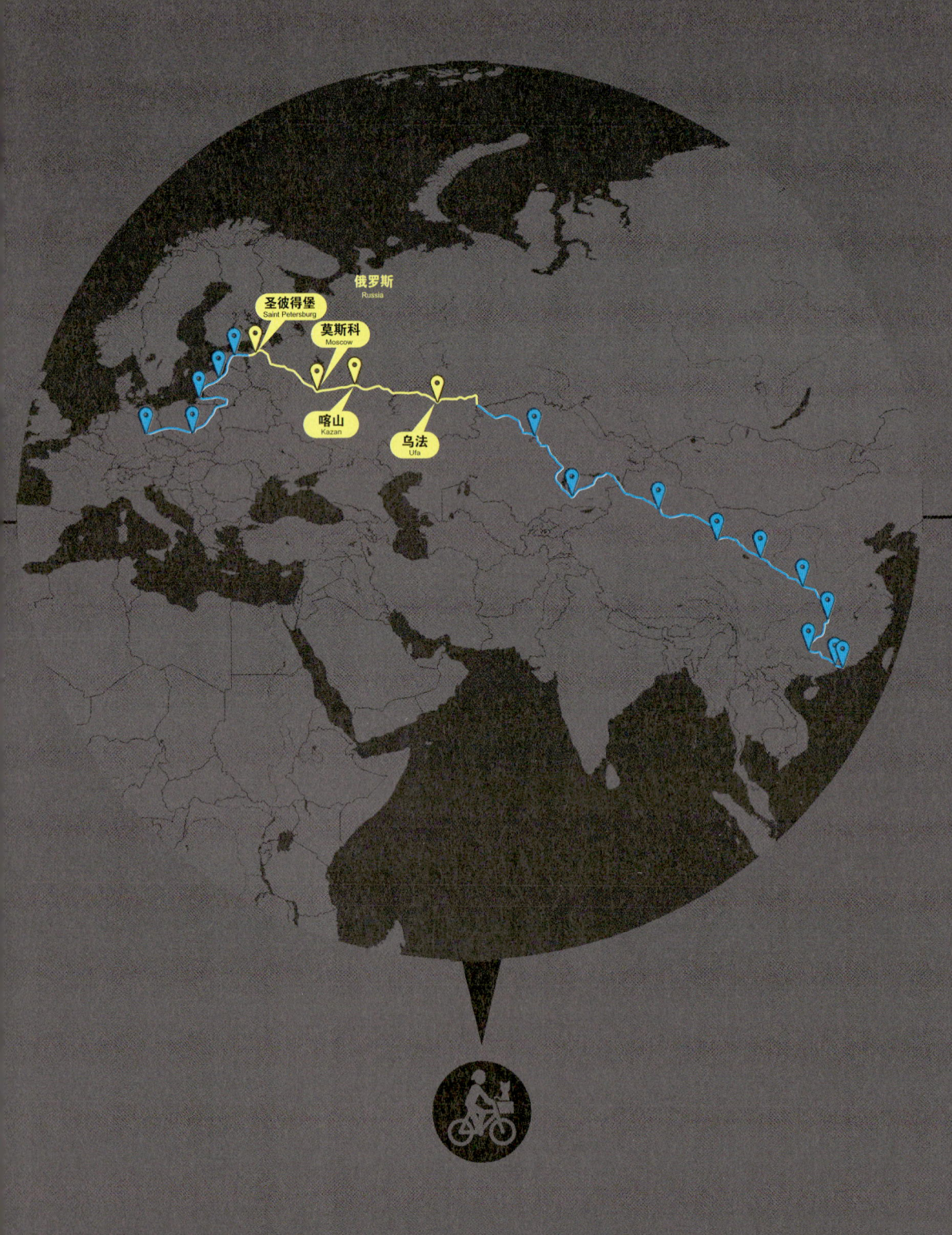

第三章

30日俄罗斯体能磨炼

白夜圣彼得堡

爱沙尼亚跟俄罗斯有一小时的时差,为免太晚到达圣彼得堡,我早上七时半便排队过境。离境没半点儿困难,入境却有段小插曲。

我推着单车,走到俄罗斯关员的柜台,递上入境表和护照。那中年女关员拿着护照,每页查看,看看我又看看护照,然后叫了另一个中年女关员出来一起看。如是者,三个女关员站在我面前,评头品足一番。

最后一位出来的关员,深沉地说了一个字——"Document"。我随即呈上申请签证的那封国家邀请信,信上列明我会经过的几个大城市、下榻的酒店(我昨天从 Sergei 口中才知道那些是酒店名,相信是签证公司胡乱填上的)和以单车为主要交通工具。第二个女关员看罢,终于露出第一次笑容,用手势示意我脸上没被晒黑的太阳眼镜印,跟护照上的照片不同模样。我

价钱比西欧还要贵　　　　　　回到城市　　　　　　　　　我们就是爱笑

以微笑回应。也难怪她们，平日应该甚少亚洲脸孔在这里过境，而且我满脸胡子，配上汉堡神偷般的太阳眼镜印，莫说她们，就连我照镜时也感惊吓。大家了解清楚后，我也顺利过境，前后花了一个小时。

踏进俄罗斯境内，我立刻许下愿望："不要被车撞到，若被撞到就干脆把我撞死，不要让我躺在病床上懊悔一生。"我拍拍单车，为她加点机油，三十天俄罗斯冒险之旅就此展开。

相信在离开俄罗斯前，我也不敢听音乐。身体任何感官都要为骑车服务，当我从翼镜看见第一辆大货车靠近，体内一股血亦从胃部流涌至颈项。我真的怕，口里念念有词："不要被这货车撞到。"当它驶去，我才发现那是爱沙尼亚货车，严格来说，我还未跟俄罗斯的货车交手。

我停在路旁，思索如何克服这心理障碍。想起李小龙说过，当学会招式后，便要把它抛诸脑后，因招式会带来思想上的束缚，影响了本能反应。所以我要放弃过去三十多天学会的骑行方式，

Sasha 坚决为我下厨　　　　　　只有高大的俄罗斯人才可读到　　　　　　路，要多烂有多烂

将自己杯里的水倒掉，用"空"去盛载和品尝俄罗斯这国家的茶。就当自己是新手，从起点学起。

今天路程一百五十公里，但顺风。当我把生命豁出去，又习惯了这个货车王国的交通后，时速竟达 20 至 24 公里，快得连自己也感意外。不过贵为俄国第二大城市的圣彼得堡，我真的低估了它。我从圣彼得堡的郊区骑到真正的市中心，竟花了近两个小时，一来是人多车多，二来是需要时间适应当地的路牌指示。

圣彼得堡已经进入极昼月，所以晚上十一时天还是亮的，街上的人很多，店铺一般都很晚关门，甚至 24 小时营业。

为什么要老远骑到圣彼得堡？从拉脱维亚到莫斯科再去哈萨克斯坦，三十天的时间不是绰绰有余吗？然而，对这个全世界陆地面积最大的国家，我认识的城市却只有莫斯科及圣彼得堡，若错过了其中一个，总觉得遗憾。加上我来圣彼得堡的目的是探望朋友！这大概是造访一个国家最好的理由，跑到人家的国家也不打个招呼，太没道理了。

065

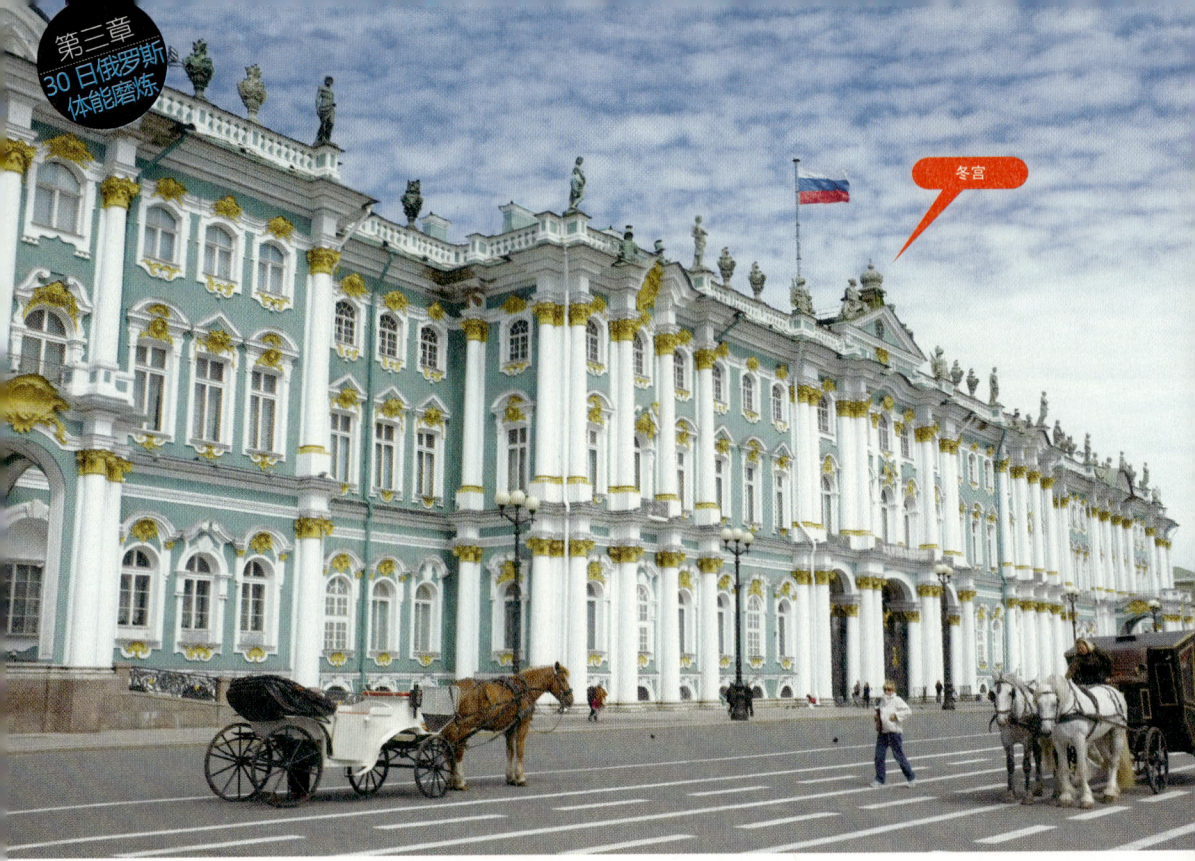

冬宫

Sasha 是电影系学生,我俩在 2008 年匈牙利一个电影工作坊认识,2011 年她来柏林电影节并投宿我家,现在换了她作东道主。Sasha 问我要看什么,我说要看的都看到了,什么冬宫、夏园都没兴趣,还不如我俩坐在家中喝喝咖啡聊聊天。虽然我来得不太合时,Sasha 正在忙毕业作品,但她还是抽时间做我的导游。

来到圣彼得堡的第三天,我观察到一个现象,就是俄罗斯人普遍不会笑。起初我以为因为我不会说俄语,服务员就以一副"你滚回家吧,笨游客!"的态度对待。但我和 Sasha 到超市购物时,收银员都以一副"扑克"脸回应 Sasha,我问 Sasha:"为什么俄罗斯人不会笑呢?"

"因为俄罗斯人做什么都要求回报。"Sasha 答。

"连笑也要回报?回报什么?"

"他们就是觉得,你没对他们做过什么,为何他们要对你笑呢?"

"但我对他们笑啊!"

"他们更怕你要求他们为你做些什么。"

"那我这个月是不是不笑会比较好呢?"

"不要太随便地笑。"

"那要不要用狰狞目光看他们?"

"唔……"

我相信这叫"入乡随俗",我会减少笑容,多点儿怒目,务求融入这个不爱笑的国家。

学习露营

圣彼得堡是这趟旅程的重要里程碑，因为今后的行程，我没有也没办法仔细安排。在此之前，我每天都知道目的地。但现在我是完全凭自己的心情和状态去骑，纵然也有计划落脚点，却不是每天都有。我要更细心去聆听身体，检查单车的每一个细节，现在没有比这两样东西更重要的事。观光？随缘了。

早上看着刚买的俄罗斯地图，在一个回旋路口错上了另一条公路 M20，幸好发现得早，穿过 Pushkinskiy 小镇后驳回 M10。M10 是我未来六天要骑的高速公路，全长七百公里，直达莫斯科。我计划起初尽全力去骑，骑到哪儿睡到哪儿，最后两天放缓。

M10 的路况好得不能挑剔，当然，大货车如火车般长，连绵不绝从后方驶过来，是对听觉和精神的轰炸。M10 公路上不少路段都铺上了新的柏油，而我也可以安然在自己的新路上骑车。不过，好景不长，骑近柏油工程路的时候，才发

第三章
30日俄罗斯体能磨炼

踩进去便不敢再出来

我们借着手机翻译沟通

现地上的柏油还未干,轮胎粘上很多柏油和沙石。但数公里后,柏油脱落,单车恢复正常,而我也骑了一百三十公里到达丘多沃(Chudovo)。

整天都在思考住宿问题,既没有沙发,也不可能在网上找到任何旅馆资料。丘多沃城内空荡无人,我只看到一个伯伯在校园剪草。我成功用身体语言说服伯伯,可在校园内露营。

校园后面传来一群年轻人的笑声,不妙,有人的地方不好露营。我走近他们,想问问有什么地方可以投宿。

他们一行十来人,其中一个懂英文,一个懂德文,我们借着手机翻译沟通。他们把我带到河边,说那里露营最好。我把帐篷搭好,发现也不对劲,这是年轻人晚上的聚会地,很危险。

Vald 和 Valera

Valera 把房间让给我

068

| 出发前 Start off | 德国 Germany | 波兰 Poland | 立陶宛 Lithuania | 拉脱维亚 Latvia | 爱沙尼亚 Estonia | **俄罗斯 Russia** | 哈萨克斯坦 Kazakhstan | 中国大陆 China | 中国香港 Hong Kong |

满布废物的避车处

于是我便问有谁的家可以让我投宿，懂英语的 Valera 不停拨打电话问朋友，最后他说可以投宿他家。

我骑着单车，跟着 Valera 和他朋友 Vald 的摩托车，走了几公里来到一座小村。附近的住宅都是木屋平房，而他家却是高级连花园的两层大宅，我看到也呆了一下。他父亲正在花园工作，我以德语简单介绍自己，便上 Valera 的房间。Valera 和 Vald 不但把房间收拾好，还为我准备晚餐。吃着晚餐时，想到刚才差点要在河边与蚊共枕，现在有热水浴、食物和被铺，我衷心感谢 Valera 和 Vald 的热情。

翌日早上，Valera 父亲建议我下次找露营地，不应走进市内，因为市内人多危险，应尽量

再见圣彼得堡

我看到塞车就高兴

069

第三章
30日俄罗斯
体能磨炼

跟着 Valera 和他朋友 Vald 的摩托车

轮胎粘上很多柏油和沙石

　　靠近公路，而且公路上有很多地方提供沐浴设施，只收四百卢布（1卢布≈0.2元人民币），大部分货车司机都停在森林内的避车处休息，那些地方远比市中心安全。听过经验之谈，骑车时便不断留意哪些避车处适合露营。避车处的确有很多，但都是满布废物的泥地。只好慢慢观察，骑完今天的一百四十公里到克列斯齐（Kresttsy）再说。

　　在公路上骑行，地上路肩的那条白线是非常重要的。纵使路肩只有轮胎的阔度，总觉我在白线内是受保护的。当然，汽车司机会觉得我是在找死，公路上根本不应有单车。

　　沿着这白线，晚上七时便到达克列斯齐。先问问旅馆价钱，不贵的话，也无需露营。可惜旅馆客满，只好把心一横睡在公路旁。再骑数公里，也没找到一个够隐蔽的避车处，我索性随便找一条烂路走入树林。"路越烂，表示车子越难驶入，即是越安全。"我推着单车心想。

　　离开公路往树林走了数分钟，终于找到一块草短的平地。那里蚊子很多，多的程度是不敢张开嘴巴，起初我会下意识地去拍它们，但最后发现是浪费气力，还是用驱蚊水比较有效。从搭起帐篷到走进篷内，花了不到十五分钟，蚊子军团的攻势实在太猛烈！蹿进"防空洞"后，我再也没踏出来一步，一直待到天亮。

| 出发前 | 德国 | 波兰 | 立陶宛 | 拉脱维亚 | 爱沙尼亚 | **俄罗斯** | 哈萨克斯坦 | 中国大陆 | 中国香港 |

是信念，不是年纪问题

收拾营具时正下着雨，很冷，蚊子还是很多，我骑到附近的油站喝杯热咖啡。希望今天可以骑一百五十公里到上沃洛乔克（Vyshny Volochyok）。从油站出来，远远看到有人推着一部旅行单车，马上骑车追了出去。愈骑愈近，那背影没有变大，最后发现是位个子娇小的女人。

Elka 是德国人，一位六十七岁的退休小学校长，这趟旅程是独自从塔林骑到莫斯科。一听到她要到莫斯科，我便兴奋起来，在这恶劣的天气下找到同道中人，多少有点儿感动，所以我决定忘记今天的目的地，跟随 Elka 骑一天。

Elka 的单车很轻，只有两个尾袋，既没有翼镜，也没有反光衣，一种"路，根本就属于我"的态度，在货车旁慢慢骑行。说慢有点儿不对，应该说是踏实地骑，Elka 一点儿也不慢，有时我还真的要追着她。

我渐渐地领悟到，我不应该再骑在白线之内，应放胆骑出来，占路的三分之一，好让后来的车辆看见我，绕过我。我要把所有疯狂的汽车当成路的一部分。简单来说，不管是一辆车或是一百辆车驶过，它们都是当时的交通状况，我只需单纯地骑，将自己融入交通。

大雨一直没停，路面因积水变得更烂，连大货车都要慢驶，何况是单车？我们骑在山谷之中，整天都是上山下山。面对陡峭的上坡，我们都只能推，下坡时，双手则要紧紧的攥着刹车掣，雨天路滑，还是小心驶得万年船。

周日的公路终于平静一点

071

休息时，Elka 告诉我，她是受一位德国作家帅梅（Johann Gottfried Seume）写的《我在 1805 年的夏天》（Mein Sommer im Jahr 1805）所启发，誓要骑遍书中提及的城市。每年她都向丈夫申请三星期"假期"，独自骑单车旅行。去年从莱比锡到塔林，今年从塔林继续，骑到莫斯科。说罢，她从车袋里取出小说，向我展示书中所描述的地方，原来俄罗斯之后，还有芬兰、瑞典和丹麦。她说几年前，她已骑完同一作家的另一本著作《步行到锡拉库萨》（Spaziergang nach Syrakus），从莱比锡骑到锡拉库萨。我深信每个长途骑者都有一份信念，不然，每天八到十小时的骑行实在是自我折磨。但凭着这份信念，折磨变成自我鞭策，久而久之将杂念消除，更直接地把"我"表现出来。

今天虽然只骑了七十公里到 Edrovo，比原定路程少了一半以上，但在 Elka 身上却领悟出了一种骑行的态度。骑在马路上时，我已是路的一部分，不要强求克服路上一切，要享受它。

路上遇知己，一乐也

货车装饰专卖店　　　Tver 超市内　　　油站内有洗衣服务

莫斯科交通蜘蛛网

在 M10 公路上骑了六日，终于望到首都。莫斯科的城市设计跟北京相同，都是被一环环的公路包围着。朋友再三叮嘱，到了莫斯科边界，最好坐地铁到市中心，因为若沿着 M10 公路入城，要骑越数条天桥和两条隧道，路上的车速度快且危险。我求安全至上，坐地铁的建议也不算坏，毕竟莫斯科是巨大城市，不可掉以轻心。可是到达外环第一个地铁站时，看到地铁入口那些深不见底的楼梯，我改变主意了，若要把单车卸装再搬下楼梯，我宁可跟交通搏斗。

公路上车虽多，但没想象中可怕，大家都忙于切线，骑在慢线的我反而更安全。翻越三条天桥后，最终看到第一条隧道口。我放缓，因为我怕隧道，那压迫的空间感和隧道内的回音，总给我一种走投无路的感觉。手中的地图未能显示我的所在地，眼下距离市中心还有一段距离，只好硬着头皮冲。庆幸隧道不长，光线足够让我看到末端。我一直靠边骑，但尽量多占行车线，好让其他司机看到我。出隧道时，着实有点儿重生的感觉，我呼了一口气，以为战胜一仗，岂料单车骑得太近路边，右边的前袋突然撞上了石墩，冲力大得连自己也摔了出去，在地上打了个滚翻。我第一时间回头看，只见车流在身边高速驶过，我毫不犹豫地拾起手柄已撞松的单车，推到公路交界的小三角位停下。

说危险，这是至今最危险的一次，但我脑里一片空白，忘记了什么是惊慌或害怕。我把车修好，回过神后，身体颤抖而心有余悸，看着前面

吉姆——俄罗斯国家百货公司　　Sokolniki 的单车市场

另一条隧道,更怕。但路只有一条,等待的是勇气。这一刻,我不容许自己逃避,跌倒便站起来,就是这么简单的道理。

出发前,单车前辈 Hanno 说过,到了莫斯科一定要找他的好友 Alex,因为 Alex 也是一位单车爱好者,会热心帮我。起初我以为 Alex 会让我在他家借宿,岂料他为我订了三晚公寓式酒店,我又一次受宠若惊。因 Alex 这几天要到圣彼得堡公干,而又希望我可以在莫斯科有充分的休息,我感动得无言。

到达莫斯科,首要是修理一下单车。因为后胎比前胎消耗得快,走了三千五百公里后,是时候把它们交换。前胎是 42-622,后胎是 37-622,前胎之所以比后胎宽,只是操控性的分别。

不过当我把前后胎交换时,才发现问题。加宽的后胎卡住泥挡,无法转动,而泥挡跟行李架相连,换胎手术完全失败,一切要恢复原状。照现状推断,后胎绝不能支撑余下的俄罗斯之路,我要尽快搜购一条后备的 37-622。

听说近 Sokolniki 地铁站有一个大型的单车市场,我问遍每间店铺,也没有 37-622 这尺码。

遇上一年一度的 Russia Day

| 出发前 Start off | 德国 Germany | 波兰 Poland | 立陶宛 Lithuania | 拉脱维亚 Latvia | 爱沙尼亚 Estonia | **俄罗斯 Russia** | 哈萨克斯坦 Kazakhstan | 中国大陆 China | 中国香港 Hong Kong |

大清洗　　　　　　　　　　　　　　　　　　　　　　　　　　　我已是入升降机高手

虽然有点儿失落，但也于事无补，唯有向中国香港支援队求救。队员回报，Touring 的车胎在中国香港并不普及，要上网订购，最快一个月后寄到哈萨克斯坦，这意味着我必须在途中找到 37-622。离开俄罗斯前，还有下诺夫哥罗、喀山和乌法三个大城市，我非常乐观。

虽然有点阻滞，但无碍我在莫斯科游览的心情。重点当然是红场和"俄罗斯方块"教堂，两者也跟小时候的回忆有关。教堂不用说，有玩过俄罗斯方块的，都不会对它陌生。事实上，站在教堂前，那些色彩缤纷如雪糕般的屋顶，总让我觉得那是一间艺术馆而不是教堂。红场则让我想起多年前的一部中国香港电影"红场飞龙"，我绕着红场走了半圈，欲寻找当年的飞龙足迹，但只看见军队般的警察守卫着红场。

莫斯科的地铁网络，简直是地下迷宫，人多路长，迂回曲折，倒是指示尚算清晰。每个地铁站都设计得华丽万分，有如皇宫长廊，实在不像平民交通工具的大堂。买一张车票，游走不同的车站，拍拍照，细看人来人往，一乐也。

试把前后胎交换

离开弗拉基米尔　　　　　　　没完没了的冷水澡　　　　　　RUS 是俄罗斯的缩写

内疚

　　离开弗拉基米尔时雨下得特别大,我的防水装备也算齐全。我的太阳眼镜虽已换上了阴天透气镜片,但雨实在太大,身体散热快,令镜片的雾气很重,基于安全,我决定拿下它。双眼被雨水打着,一股香气却扑鼻而来——是路边的熏衣草。身体湿透,却被熏衣草香洗涤,感觉像洗一个没完没了的冷水澡。下雨的日子,健康至上。我定下时间目标,下午七点之后开始找旅馆。

　　旅馆没有客人,只有一群女员工在厨房放声聊天,笑声响遍旅馆。这旅馆不准单车入房,我把她泊在厨房门口,心想,反正客人不多,也没所谓吧。而那群女员工在厨房,正好可以看守着。

　　晚上没什么胃口,只吃了自备的黑面包,涂上从爱沙尼亚带来的野猪肉碎。在大厅和两个俄罗斯货车司机,看了半场俄罗斯对希腊的欧洲杯球赛,便回房睡觉。

　　早上起来,精神饱满,窗外阳光充沛。梳洗过后,便到厨房取车,看到厨房满地玻璃碎,明显是昨夜女工们曾狂欢一番。我把单车推回房间,想把车停下时,才发现脚架断了。

　　我走出房间找人理论,可是整间旅馆只有一

出发前 Start off > 德国 Germany > 波兰 Poland > 立陶宛 Lithuania > 拉脱维亚 Latvia > 爱沙尼亚 Estonia > **俄罗斯 Russia** > 哈萨克斯坦 Kazakhstan > 中国大陆 China > 中国香港 Hong Kong

野猪肉碎黑面包

个刚上班的女工。我问她老板在哪儿,她带我到走廊末的一间房,一个女人睡在床上酩酊大醉,胡言乱语。我唯有用强力贴将两节脚架接上,推着单车离开。

我的心情非常低落,气愤自己没有保护好单车。我不停说服自己,没有脚架不影响骑行,但单车已因我的鲁莽而受了伤。整整四个小时,我用了五十公里的路去把这种内疚感冲淡,慢慢集中精神,寻找对策。情绪稳定一点儿后才懂得庆幸,过去四小时自己心不在焉,却没遇上交通意外。

我决定在下诺夫哥罗停留一天,先把单车修好。因为下诺夫哥罗之后的大城市是四百多公里外的喀山。车可换四百公里,但我等不到。因签证所限,自离开莫斯科后,每天都在赶路,不想随便停留休息。但我明白当心理有障碍时,有可能发生更严重的意外。这次的休息是修车,也修身。

下诺夫哥罗的沙发提供者Gregory非常热心,把城市地图打印给我,又清晰指示哪里有单车店,哪里有书店。因为我有三个重要任务:买新的单车脚架、买新的地图、找寻37-622轮胎。

第三章
30日俄罗斯体能磨炼

　　第一站是附近的单车店，脚架不贵，但用料很差，37-622 轮胎，没有。他们建议我到一间叫 X-Line 的店去找；第二站是书店，地图一找便有，这幅是沿着 M7 公路，从莫斯科到乌法，正合用。第三站是 Gregory 指示的一间单车店，同样，脚架是有，但也是一般材料；而他们的 37-622 轮胎则不适合长途骑行用。老板热心致电邻近店铺，最后得出答案，X-Line 有 37-622 轮胎，而店铺就在两个街口以外不远处。

　　最后一站走进 X-Line 单车店，店员已经把 37-622 Schwalbe Marathon Extreme 轮胎取出。我一看价钱牌便吓了一跳，比德国的价钱要贵三倍。再看看店内的脚架，发现和手中断掉的一模一样，店员老实说那是翻版。我把那翻版脚架放在手上，重量和伸展的手感都到位，价钱却低得不可思议，比德国的价钱要便宜三倍。希望它不会空有其表，没有耐力吧。付过钱后，荷包轻了，心情也轻了，便相约 Gregory 和他的朋友乘坐刚启用的吊车，在伏尔加河上半空欣赏日落美景。

三个重要任务　　　　　Gregory 和他的朋友　　　　　俄罗斯式卖啤酒

082

蝉鸣

离开下诺夫哥罗的路上,经过码头,真想来一个三日两夜渡轮游,在河上慢慢航行,吹吹风,多惬意。不过,头上有和煦的阳光,背部吹来强风,意味着今天骑单车也不坏,只好看着河景,上山离开这个山城。

我希望三天可以骑完四百二十公里到喀山,即每天一百四十公里。有着顺风,我是乐观的,但我的乐观在两小时后便被击溃了。我没有计算两小时内翻越了多少个山头,5%、7%还是 9%的斜坡?都一样,反正我都是用一挡爬坡。

冲下坡时,我看到一个有趣的画面,前面上坡路直得像一面墙,而庞大的货车像四脚蛇般在墙上爬行,情况正如电影《盗梦空间》(Inception)的一场戏,一条直路突然弯了一个九十度直角的墙。看,当然是很有趣,但当我骑上坡时,我真希望这像《盗梦空间》一样,只是一场梦境,醒来便会在山顶。

| 出发前 Start off | 德国 Germany | 波兰 Poland | 立陶宛 Lithuania | 拉脱维亚 Latvia | 爱沙尼亚 Estonia | **俄罗斯 Russia** | 哈萨克斯坦 Kazakhstan | 中国大陆 China | 中国香港 Hong Kong |

好心的油站员工把上网密码给我

他把车停在我面前,再给我钱

走投无路

但当我"醒"过来时,已是晚上八时,骑了才一百一十公里,没有旅馆不是问题,但没有餐馆便有点儿难过,空肚露营是很难受的。所以我决定不管骑得多晚,也一定要吃一顿才露营。十五公里后,终于找到一间小店,老板非常友善,价钱也友善。我用之前沙发提供者教的几个俄语食物生字,成功点了肉和薯仔汤。饭后,天色渐黑,在公路旁随便找一个隐蔽的丛林便扎营睡觉。

早上的太阳特别猛烈,单车载着三公升的水,不到一会儿便喝光。整天买了六公升水,吞下两颗运动用盐丸,但身体依然有一种被阳光晒裂的感觉。头有点儿痛,是中暑的先兆,不过今天的意志颇强,没有倒下。可是顽强的意志对抗不了骑之不尽的山丘,心里越急,更觉山坡越斜。看看时间,八小时才骑了八十公里,心情赶,路程却赶不了。

我一向当公车站是厕所,所以看到这厕所笑了出来

餐厅老板一家跟我谈论李小龙之死

再受到陌生人的恩惠

内心不停盘算着,明天到不了喀山,整个俄罗斯的行程便要大改动,但这种山路一天怎么也骑不到一百二十公里以上,就算可以,也不能保证余下日子的体力和意志都高昂。正忐忑之时,我忽而听到蝉鸣,我看看四周,竟然没有一辆汽车,这种情况在俄罗斯倒是第一次,我真的以为整个俄罗斯都停顿了。

很久没有听过蝉鸣了,蝉是夏天的象征,而夏天的日子总是懒洋洋,所有事情都需要两倍时间去完成,急什么?听听蝉鸣,要不然夏天又在不知不觉间溜掉。对啊,急什么?路赶不上,可以坐顺风车,可以坐火车,但如果这一刻不享受骑车,才是浪费时间。

货车再次驶过,蝉鸣再次被淹没,不过我的心情已经有所改变,而路也开始变回平坦,无奈今天的十一小时只能骑一百三十公里,离喀山还有一百七十公里。进入莫斯科之前,我曾创下十二小时骑一百九十公里的记录,但这"高速下山,龟速上山"的山谷地段,实在不太好说。最后我还是决定分两天骑,慢慢享受每一公里,然后坐一程火车赶路。

出发前 › 德国 › 波兰 › 立陶宛 › 拉脱维亚 › 爱沙尼亚 › **俄罗斯** › 哈萨克斯坦 › 中国大陆 › 中国香港

喀山千禧大桥

苏尤姆别卡塔

吃着羊肉观察人群

国际都市喀山

喀山是个三面环山，一面沿河的城市。我沿 M7 公路从西南方入城，入城前要翻越三至四个山谷，过两条长长的桥。虽然逆风使行车缓慢，但途上景致的确令人心旷神怡。站在山顶看到的风景，就是最大的回报。无论风景照拍得如何漂亮，若你没亲身爬一次，都是没有意义的。这些风景必须配合身体上流着的汗去欣赏。

一进城内，路边的小店便传来扑鼻肉香。推门进去，先看到烤鸡在烤炉中旋转，但烤鸡太大了，便转移视线到面包类。随便点了两个包子，也不知道是什么馅。一咬，发现是羊肉，才记得喀山是伊斯兰教的城市，以羊和鸡为主食，怪不得羊肉包那么好吃。相信从现在开始到新疆，吃羊肉的机会一定多不胜数。

喀山的沙发主 Rouslan 说周末要和女友去爬山露营，把钥匙留给我。如是者，我便成了一屋之主。虽然在"家"千日好，但总不能不游喀山，喀山的地铁只有一条线，简单不过。

走进地铁站，以为自己去了机场，闸口有金属探测大门，行李检查输送带还有数名保安。不对，是警察才是，全都配枪的。买票入闸，穿过金属探测大门，突然一个警察问："Document？"

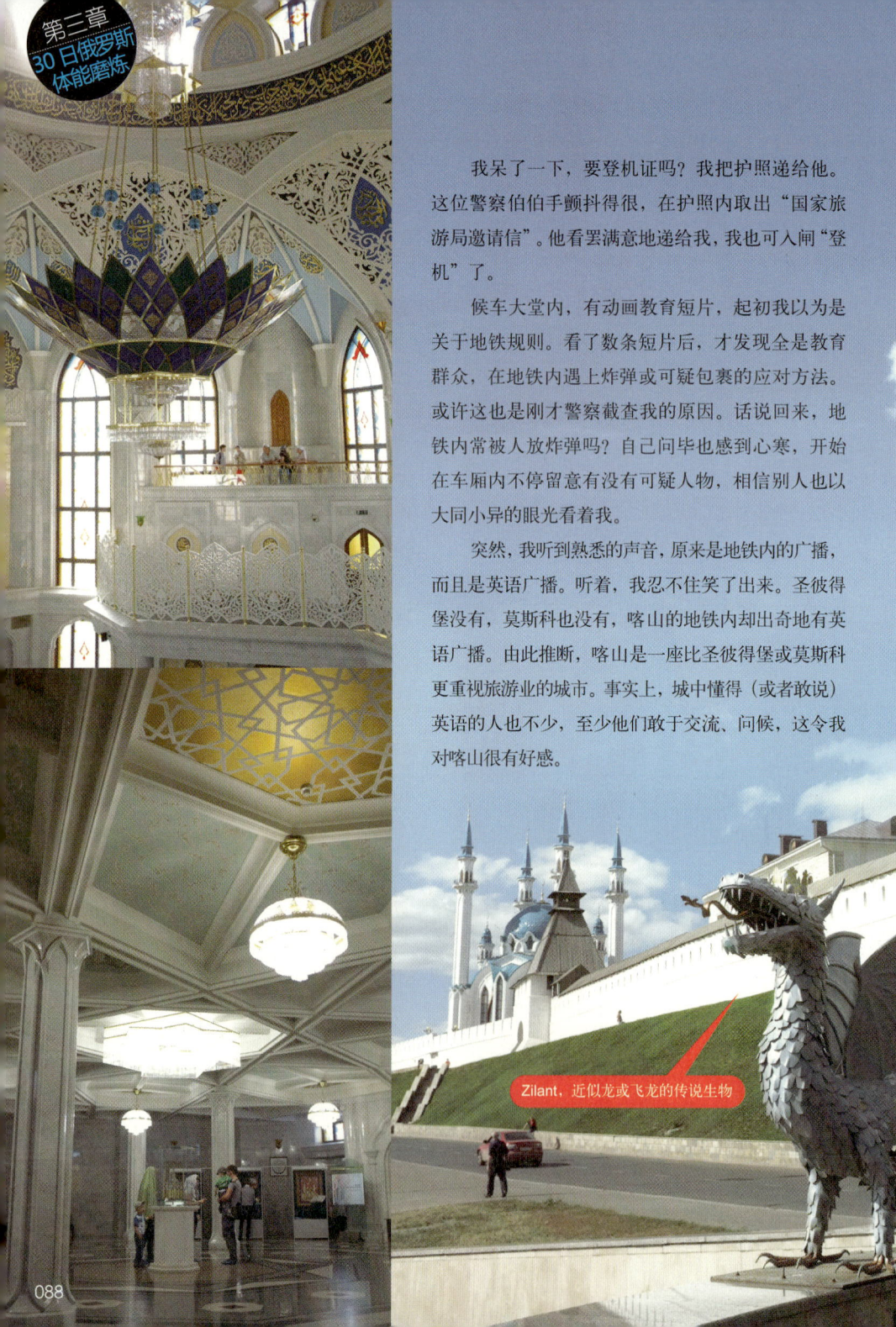

我呆了一下，要登机证吗？我把护照递给他。这位警察伯伯手颤抖得很，在护照内取出"国家旅游局邀请信"。他看罢满意地递给我，我也可入闸"登机"了。

候车大堂内，有动画教育短片，起初我以为是关于地铁规则。看了数条短片后，才发现全是教育群众，在地铁内遇上炸弹或可疑包裹的应对方法。或许这也是刚才警察截查我的原因。话说回来，地铁内常被人放炸弹吗？自己问毕也感到心寒，开始在车厢内不停留意有没有可疑人物，相信别人也以大同小异的眼光看着我。

突然，我听到熟悉的声音，原来是地铁内的广播，而且是英语广播。听着，我忍不住笑了出来。圣彼得堡没有，莫斯科也没有，喀山的地铁内却出奇地有英语广播。由此推断，喀山是一座比圣彼得堡或莫斯科更重视旅游业的城市。事实上，城中懂得（或者敢说）英语的人也不少，至少他们敢于交流、问候，这令我对喀山很有好感。

Zilant，近似龙或飞龙的传说生物

洗澡是骑行的动力

离开喀山前,决定把后胎换掉。可是,出发不久,问题出现了,后拨换挡失灵。

我一直担心单车会出现两个问题,会使我束手无策,一是轮辋歪掉,二是变速问题。不过当身边无人救援,硬着头皮也要自己去解决。我在油站把单车反转,发现由于换挡的钢线完全松掉,所以不能换挡。再仔细看,发现锁着后轮的轴把换挡线压着,是刚才换胎时太大意所致。我把压着的钢线松掉,情况有明显改善,换低挡时没有问题,但换高挡时却反应缓慢。虽然不方便,但也未至于太影响骑行,决定到乌法时再找人修理。

M7 公路非常畅顺,而且路面宽阔,使我心情愉快了不少。而且我发现,近日路人笑容多了,他们的肤色、轮廓和行为,都和我之前两星期遇到的俄罗斯人不同,相信我已进入中亚了。

卖东西的小贩,等车的妇人,路边修车的司机,连站岗的警察都跟我挥手微笑。在油站时,店员竟然主动走出收银柜向我介绍食品,付钱时更推荐口香糖和饮料,这行为在香港实是普遍,但在俄罗斯却甚少遇到。更有等顺风车的妇人向

陌路上熟悉的歌 /005
在原野上
关正杰

只要把歌词的"马"改为"单车",正是我在俄罗斯野外生活的写照。

沙发主 Iskander 的办公室

我挥手，笑说要求我载她一程。这些简单的交流，使我暖在心头。俄罗斯地大物博，各地方活着不同文化的人，拥有不同的生活习惯，很难将"俄罗斯人"标签放在所有人身上，他们都是独一无二的个体。

从喀山到乌法，沿着 M7 公路共约五百三十公里。因为将会从乌法坐火车到车里雅宾，所以过去四个晚上，我都坚决露营。一来为了省钱买火车票，二来希望进入哈萨克斯坦前多学习露营生活。

公路上虽有很多提供洗澡的地方，但要搁下单车洗澡，我一万个不放心，只好到油站洗手间，用手巾擦擦身体。大多数餐厅的洗手盆都设在门口，而我都不顾仪态在人家餐厅门前来从头到脚的擦澡。反正这是给风尘仆仆的货车司机进餐前洗尘用的，相信服务员和食客也都司空见惯了。

往乌法最后一天的路只有八十多公里，但逆风路窄，万里无云，身体流汗多，沿途可补给的地方却少。这正好给我一个警戒：每天至少备有五公升水，骑行时不能让储备少于两公升。近日喝可乐量大增，我曾询问过三项铁人赛教练，他建议将可乐和水一起喝，糖分才容易被身体吸收。今天好像总是停滞不前，只好跟自己说："用力点儿骑吧，多出汗也没问题，因为今晚会到乌法，可以洗澡，可以洗衣服。"对一个四天没洗澡的人来说，这正是最大的推动力。

特罗伊茨克

平安离开俄罗斯

旅程出发前，朋友给了我几个有关单车旅行的 PDF 文档，包括事前准备、身体保养和一些修车手册。我仔细阅读手册上后拨变速器的结构，单车所遇的应该是简单机件问题，有信心自己可以修好。最后发现，是换挡的钢线松脱且移位，只要把它拉紧，换挡就会畅顺。

乌法的热心沙发主 Iskander，在网上替我办妥前往车里雅宾的火车票，单车不需另外买票，车厢顶部有足够空间存放单车。不过到了火车站，Iskander 还是建议我多买一张火车行李车票，好让查票员问到时有个交代。我不反对，因为这票不过五十卢布，算是多买一个保险。

比起把单车运上火车，从大堂到月台的路更难走，上电梯、下楼梯，完全不是一个人可办到的事。上车却一点儿困难也没有，查票员没有要求拆掉前轮，我也省事。虽然开车后她曾要求我用胶纸包着车轮，但我扮傻装笑，支吾以对，她也笑笑摇着头转身离去。

望向窗外，看到森林山麓，虽心有不甘，没能骑车穿越当中。但当初是我选择花时间骑到圣彼得堡，也有心理准备末段会坐顺风车或火车。没时间我也没办法，放弃了四百公里，我却有了三天圣彼得堡的回忆。

到达车里雅宾，我便投宿之前沙发主

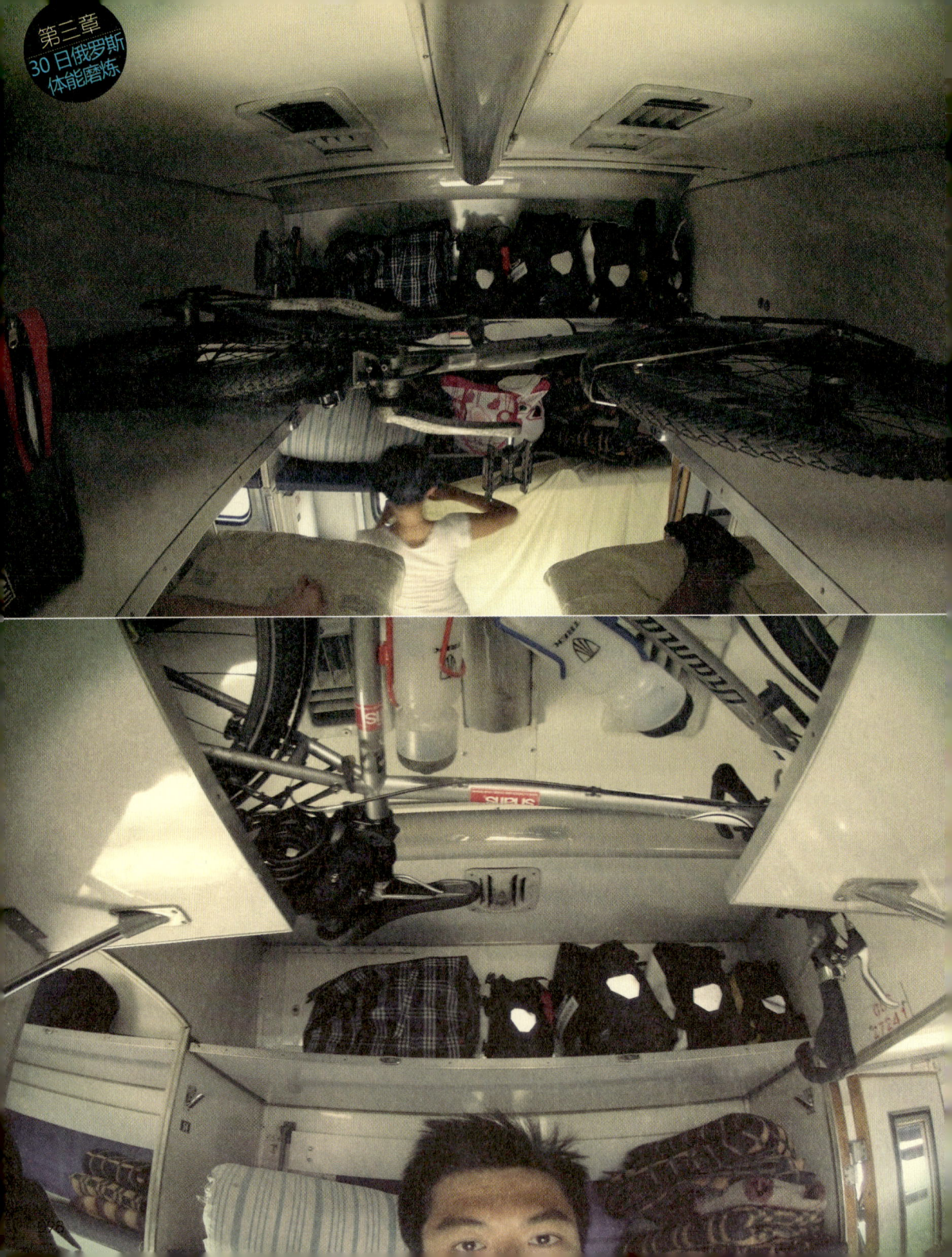

第三章
30日俄罗斯
体能磨炼

| 出发前 Start off | 德国 Germany | 波兰 Poland | 立陶宛 Lithuania | 拉脱维亚 Latvia | 爱沙尼亚 Estonia | **俄罗斯 Russia** | 哈萨克斯坦 Kazakhstan | 中国大陆 China | 中国香港 Hong Kong |

Sergei 的外婆家。大家言语不通，但和他的舅舅、阿姨亦有说有笑，简单的俄语、手语和笑容，人与人之间的交流回归最基本与最直接，亦是最真诚的。我把 Sergei 一家的合照送给她们，外婆细味照片露出笑容，我亦乐透了。车里雅宾我没怎么游览，但外婆一家的笑容我不会忘记。

从特罗伊茨克到哈萨克斯坦的十多公里路属边境禁区，亦是我在俄罗斯境内骑行最安静的一段。这段路不到一个小时，却足够让我回味过去三十天的旅途点滴。感激所有曾经忠告我俄罗斯很可怕的人，因为他们的每一句，我时刻都保持警惕，最后人和单车都只受了些皮外伤。自第一辆货车从我后方驶过，我总在幻想：货车从后撞过来时，我会被抛到多远呢？我会躺在草地、泥地还是河里？我多希望它只撞到尾袋，不要撞歪车轮，好让我站起来继续骑行。

现在，我却带着奇妙的回忆，和一身"路，本来就属于我"的姿态离开俄罗斯。

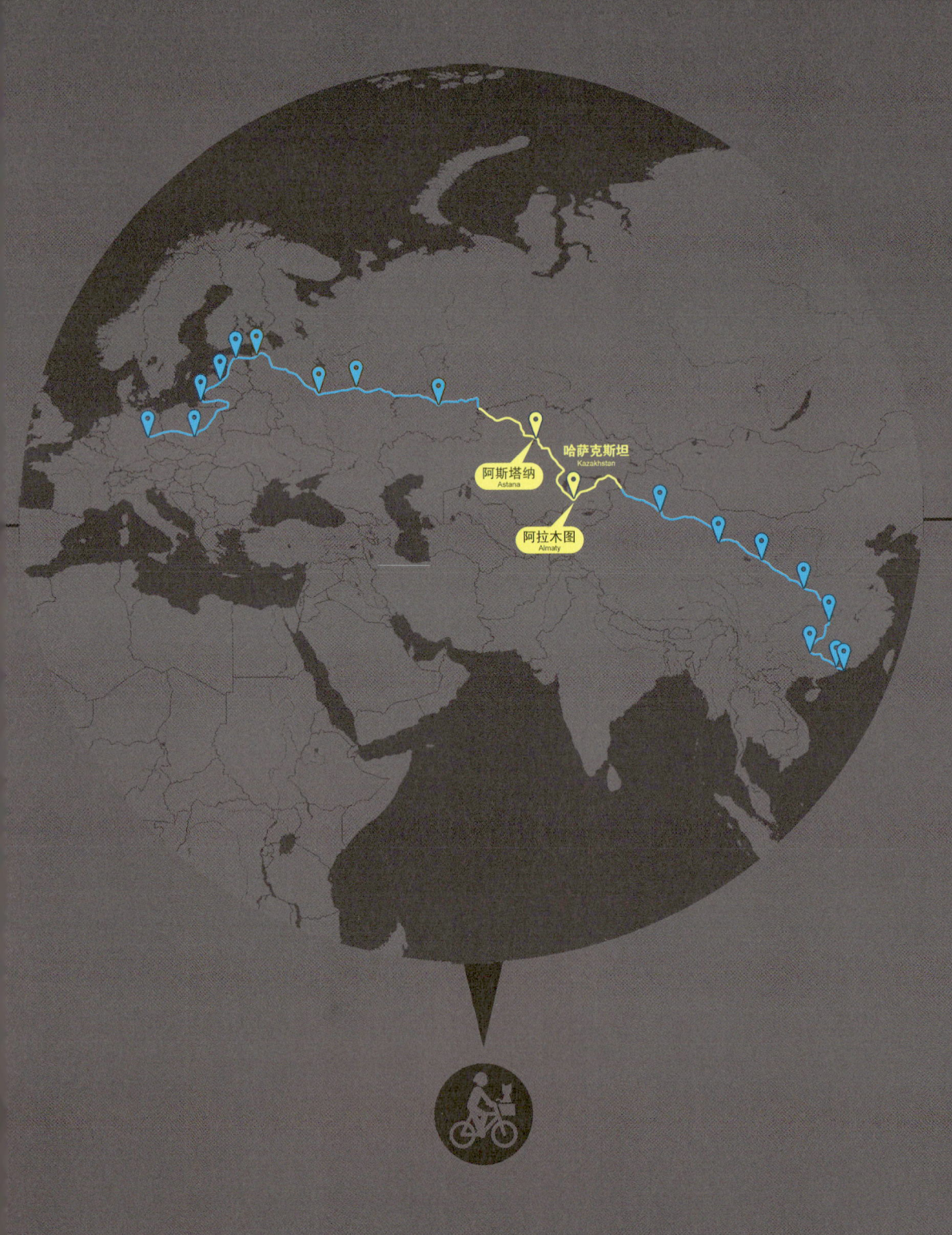

第四章
又爱又恨哈萨克斯坦

第四章
又爱又恨哈萨克斯坦

意志骑行

过境简单快捷，关员友善，而且身边的司机们亦非常热心帮助，关员问我问题时，他们竟替我回答，既然关员满意答案，又让我顺利离境，我也不管他们对答了些什么。检查单车的人员更风趣，从房中拿出照车底的反光镜，我笑了一下，他也笑了一下，随便打开了车头袋，瞄了瞄便放行。

"路，本来就属于我"在哈萨克斯坦不是一个骑行态度，而是一个事实。

面对无人无车的公路，我真的以为自己被放逐到《龙珠》里的"时光屋"。时间似是多得腐烂，眼睛亦要找一个集中点。我开始怀疑自己的视力，看到的是 10 公里？20 公里？40 公里？为什么前景好像一直不变？

| 出发前 Start off | 德国 Germany | 波兰 Poland | 立陶宛 Lithuania | 拉脱维亚 Latvia | 爱沙尼亚 Estonia | 俄罗斯 Russia | **哈萨克斯坦 Kazakhstan** | 中国大陆 China | 中国香港 Hong Kong |

103

第四章 又爱又恨哈萨克斯坦

进入哈萨克斯坦

终于可以再听音乐了

跟哈萨克斯坦人聊天

被警察截停拍照

路,平坦得使我怀疑地球应该是立体。当然,这种路好得没法挑剔,硬要在鸡蛋里挑骨头,只能说大路无遮无挡,连树丛也没有,所以每次看到油站或公车站都会小休一下,因为完全无法预测下一个歇脚点会在哪儿。若然俄罗斯的骑行是体力的锻炼,那哈萨克斯坦的便是意志锻炼。左右的景致总是天地一线,而前景和翼镜的景色都是一样,若不是手表在跳动,也不知道自己骑着单车。

虽然路上车少人少,但每次遇上,他们都很主动打招呼。试过在油站跟四个男人聊天,是真正的聊天,有语言障碍,却没有交流的障碍;其后又被警察截停,原来他想聊天、拍照;又有司机驾驶时开窗问我要去哪儿。

入了库斯坦奈城后,首要是找旅馆。到了一间价格较低的旅馆,问价后,要六千坚戈(1坚戈≈0.04元人民币)一晚,只好离去。转角后,发现另一间旅馆,同样的名字,大堂坐着一个镶了金牙的男人,我以手语示意要找睡觉的地方,他满脸笑容地领我到之前的旅馆入口。接待员小姐看了我一眼,再看了看他,我再次表示六千坚戈太贵,接待员替我向金牙男人解释。他们交流

库斯坦奈,处女地的先驱

哈萨克钞票很像演唱会门票

金牙男人、接待员小姐、门童

一人独占三人房

洗衣服

一番后，问我一千七百坚戈的房间可以吗？当然可以，但单车可以入房间吗？不行，但可以锁在车房。她问我要不要看看房间，我说我想看看车房。Bell Boy领我到内院的车房，有大闸、有锁、有闭路电视，应该安全。

房间是三人房，我一人独占，有热水，有电视，有Wi-Fi，天啊！一千七百坚戈这价钱真使我有点担心单车的安危，是抵押吗？退房时会有阻滞吗？但这都是两天后的事，现在还是好好休息一下吧。每次看见金牙男人和门童，他们都不停问我要"小姐"吗，我只好示意骑车太累，有心无力。

库斯坦奈是一个很小的城，不过非常整洁，市民笑容满面。我漫无目的地在市内散步，看看人，赏赏花，不到半小时已经满身大汗，温度原来有41℃之高。

虽然，俄语在哈萨克斯坦是畅通无阻，但路上的指示和商店的招牌全是哈萨克斯坦语。很多商店为保持室温，外围的落地玻璃都是单面反光镜，无法猜测它们卖什么。是时候学些简单的生字，否则连吃的也找不着。留在旅馆，计划一下哈萨克斯坦的行程，入夜再出去吃一顿好的。

第四章
又爱又恨哈
萨克斯坦

最艰辛的路

从库斯坦奈到首都阿斯塔纳有三条路可选。七百五十公里，将会穿越被誉为哈萨克斯坦的瑞士的国家公园，我只有六日时间，应该没空闲去欣赏。最短的七百公里要走一些不知名的公路，危险，因哈萨克斯坦的道路指示非常不清晰。最后我决定沿七百二十公里的M36公路走，有号码的路总是比较可信的。不过，这七百二十公里路可说是旅程上最艰辛、获益最多的一段。

第四章
又爱又恨哈萨克斯坦

坟墓

五公升水是不够的

| 出发前 | 德国 | 波兰 | 立陶宛 | 拉脱维亚 | 爱沙尼亚 | 俄罗斯 | 哈萨克斯坦 | 中国大陆 | 中国香港 |

水

离开库斯坦奈时，准备了足够的粮食，带着五公升水。但天气炽热，不管把多少水倒进口里，身体也干得像沙漠般，吞过盐丸，感觉好一点儿，但在未找到补给之前，我总不放心大口大口地喝水。问题出现了，路上莫说补给，连可歇脚的公车站也只出现了两次，存水量越来越少。两公升是底线，当少过这个存量，总觉得没有安全感。虽然我感觉前面的萨雷阔勒 (Sarykol) 会有补给，但今晚到不了。庆幸粮食足够，但没有水去就面包也不是味儿。

粮食

早上到达萨雷阔勒，看到油站，二话不说买了5.5公升水，大口大口地喝。在公车总站附近找到一家颇热情的餐厅，所有服务员都是妇女，她们非常热心地介绍不同食物，亦对我的旅程感到好奇。

从萨雷阔勒到当日的露营地，一百公里路都毫无补给，我开始明白在哈萨克斯坦的骑行技巧。只要有机会，定要存够五公升以上的水，要有面包、饼干等干粮傍身，巧克力在这天气已派不上场了。一般我会在入城前几公里扎营，因为早上起来后，可以马上补给和大吃一顿。所谓大吃，就是不看价钱，把懂的俄语食物都说了出来，不外乎是汤、肉、饭、沙拉、面包和咖啡罢了。老实说，在这些境地，真的是有钱没地方用，体力才是最重要。

第四章
又爱又恨哈萨克斯坦

看草的摆动就知风有多大

陌路上熟悉的歌 /006
The Last Live
X-Japan

这唱片有一股魔力,即使我不懂日语也感受得到那澎湃的动力。

烂路

"路是人走出来的。"这句话,我在哈萨克斯坦亲身证实了。在俄罗斯时,面对修路,他们都会改路或另设行车线,哈萨克斯坦的修路正好相反,车不多,但他们并没有另设行车线。大部分的车都会行驶到四周开拓新路。说是新路,不过是把草碾平,变成凹凸不平的泥沙路。或者,对越野单车来说,是有趣的骑行,但对负上三十公斤的单车,却是屁股受罪的时候。

以为骑了五千多公里,我对路面的包容度有如汪洋大海,但看到哈萨克斯坦的烂路,我也不禁说了句粗口。地面太凹凸不平,要极小心不要撞进洞里。脑海中开始出现《长路迢迢》的片段,伊万和查理骑着在这种烂地上慢驶。

"你早知道哈萨克斯坦是这样的,不是吗?"伊万和查理问。

"但那差不多是十年前了,没想到还是这样。"我答。

"发展中国家嘛,已经在修路啦。不过,这不就是你一直期望的冒险之路吗?我们都是骑这些路。"伊万和查理说。

"对。"

"我们都骑得慢,也有倒下的时候。"

"但你们骑的是摩托车,有避震,软垫座位。我屁股却痛得要命!"我大声抗议。

第四章
又爱又恨哈萨克斯坦

面对一星期的逆风，身心都疲惫了

出发前 Start off　德国 Germany　波兰 Poland　立陶宛 Lithuania　拉脱维亚 Latvia　哈萨克斯坦 Kazakhstan　中国大陆　中国香港

风雨

这几个晚上总是雷雨，露营时我都颇担心帐篷的防水能力。雨大得我无法安睡，如果真的帐篷渗水我可怎么办？附近也没有房屋，也没有车站，根本走投无路。雷雨总在日出前停止，每天早上看到营顶的积水，都不再怀疑它的防水能力，但每晚却又开始担心。

离开 Zhaksy 后，我要一直向东到阿斯塔纳，这段路的重点不是距离，是风。骑行近两个月，我都沉得住气，但这几天，我的确有点儿火，因为风实在太大，我只能以时速七公里前进。我开始破口大骂，一泻心头怒火。

"旗没动，风也没动，是人心动。"这佛语我是明白的，但萧萧风声使我难以冷静。风从没答应我每天可骑一百公里。既然如此，我决定不理会数字，不看前路是弯是直，目光只注视地上路肩的白线和翼镜。若然哈萨克斯坦要用意志去骑，那我便把身躯交给公路，只管踏板好了。我听着 X-Japan 的 The Last Live 唱片。我不是 X-Japan 的歌迷，但这唱片摇滚味强劲，能使思想抽离这逆风的劣势，全心专注骑车。

在最后的三百多公里路，我每天听一次这唱片。当我从远处看到阿斯塔纳时，我明白什么是干草原中的绿洲，眼睛终于找到目标，思想得到落脚点。我当初小看了哈萨克斯坦，一心以为平坦没难度，日行百里以上。如今，我必须重新计算，因为阿斯塔纳之后是山区，粮水短缺，如再遇逆风，骑行会变得危险，乐趣大减。

遇上跟《长路迢迢》一样骑摩托车的冒险者

因为晚上大雨，差不多每天都要把帐篷晒干

第四章
又爱又恨哈
萨克斯坦

上警局

  阿斯塔纳于1997年成为哈萨克斯坦新首都，据说哈萨克斯坦希望平衡欧洲和亚洲的联系，把首都从阿拉木图西迁到这荒芜之地。政府特别推行优惠政策，吸引人民移居此地，开拓新生活，亦重金礼聘各国建筑名师，打造新城市。因此路是新的，建筑物也是新的，路上亦不难看见年轻家庭，朝气蓬勃。我一边骑进城中，一边感觉自己进入了《模拟城市》，建筑物杂乱无章，风格古怪，但把所有古怪的建筑放在一起，却又构成一种和谐感。城里车水马龙，跟我过去一星期看到的完全相反，我开始喜欢哈萨克斯坦了。

  阿斯塔纳的沙发提供者 Galym 同时接待了三个旅人，分别是来自法国的顺风车旅者 Yogo，及来自荷兰的单车情侣 Sjakoera 和 Cherwin。一时之间，我觉得自己入住了青年旅舍，我非常喜欢这种和旅行者交流的场所，说说自己的故事，听听别人的经验。我们还办了一个煮食晚会，各做一道自家菜。

第四章 又爱又恨哈萨克斯坦

互相交流之际，谈到入境时的注册手续，我呆了一下，原来入境后五天之内要到警局报到。屈指一算，我入境后已过了十一天，迟了，但也尽管到警局试试吧。因为 Yogo 说他也是十天后才在阿拉木图报到。

原来条例已写在入境纸的背面，只是我从来没有注意过，也没想过那么麻烦，先要递交邀请书申请签证，入境后又要到警局。既有了签证，何不在入境时自动报到呢？但这是别人的国家，也只好尊重这些多余行为，就当作是文化体会的一部分吧。

警局内，懂英文的只有一人，但她坚持要我找翻译，问她在哪里可找到，她直截了当回答："领事馆。"天啊！我凭什么去领事馆带一个翻译来呀？说实在的，我真的没有多担心有关注册的事情，你们既然这么马虎，这事情重要程度可见极有限。但我始终抱着尊重哈萨克斯坦文化的态度追问，她给了我一张名片，是附近一间旅行社，说他们可以帮手。警局推介旅行社，这叫利益输送吗？

第四章 又爱又恨哈萨克斯坦

阿斯塔纳沙发提供者 Galym 同时接待了三个旅人　　我们接受当地电视访问，大谈沙发客文化　　我们轮流煮自己拿手小菜招呼大家

旅行社内，跟一位懂英语的小姐说明事件，她说她可以陪我到警局跑一趟了解事情的来龙去脉。她说，一般而言，只要到银行交罚款，便没有问题，不过要看警官的回应。

警官说，要录口供、签字，交一万六千坚戈（100美元）罚款，还要这位旅游公司小姐的证书和担保。哗！一万六千坚戈？是抢劫吧，还要别人担保，又多一笔服务费。不过最大的问题是警官只会给我十五天的注册时间，到了阿拉木图要再注册一次。那我何不在阿拉木图只被劫一次？也许到达边境时才被劫也不迟。

向旅游小姐说过谢谢后，我头也不回地离开了警局。

心情并不很低落，这不过是钱可以解决的

问题。晚上在网络上，很多朋友都给了我有用和有趣的意见，最后我决定在阿拉木图再试一次，如果要收费的话，那我便硬闯边境，若最后还是付钱的话，那我更要去享受这个过程，好让多些关员来服侍我，因为我就是一个爱找麻烦的人，要不哪有这能耐骑单车回香港？

第四章
又爱又恨哈
萨克斯坦

消失的沙发客

从阿斯塔纳到加拉干达约二百公里，若逆风不是太大的话，骑两天应该没问题。早上跟众沙发客朋友道别后便启程。先到油站为轮胎充气，便往东南方进发。今天吹的是东北风，还好，不是从正面吹来，行车慢，但至少有前进的感觉。

休息了两天，再骑上单车，有一点儿新鲜感，又可能是因为往加拉干达的路比较多车，骑车要专心一点儿；亦因为货车也多，为我挡了不少逆风。有货车，沿途鸣笛声自然也多，一般都是鼓励性的，也有警告性的。若你问我是如何分辨它们，我只能告诉你这是从我多年养狗的经验中学会的。车鸣笛声跟狗吠声相似，是单声的，根据节奏和间距，大致可感觉它们是善意或是恶意的。

友善的，都会在一段距离前鸣笛，而且带一点儿节奏；恶意的就是一响到底，像要告诉你快滚开吧。哈萨克斯坦的货车司机都很礼让，他们会在后面老远鸣笛，示意他们要驶近，我会因应路面情况而驶上路肩让路，但我也会抱着"路本来是我先行"的态度继续前进。当他们发现前面有对头车，没空间越线，哈萨克斯坦司机都会减慢，待有空位时才超越我。换作是在俄罗斯，我身后早已奏出一曲交响乐了。

晚上随便扎营在空旷的田园，附近全是干草，没半只蚊子。早上醒来我便把蚊纱打开，清风吹送到营内，和煦的阳光照射着草地，我就播放起轻轻的音乐。而久违了的顺风终于再次出现，虽然不强，但"行车有速"，这才是骑行的快感。今天路程约九十公里，"加拉干达"在俄语的意思是"无人之地"，是斯大林时代放逐德国人的地方。但当哈萨克斯坦独立之后，大部分德国人已返回德国。

第四章 又爱又恨哈萨克斯坦

几经辛苦，在小巷找到沙发主 Zhandos 的住户，但 Zhandos 却消失得无影无踪，幸好他的老父在家，也让我入屋等待。老父一面做菜，一面念念有词，通了几次电话后，还显得有些气愤。我当然不明白他在跟谁说话，只有读着小说，等待 Zhandos 出现。

等了两个多小时，不见 Zhandos，但老父的朋友一个又一个出现，每人都带了点儿小食，像是开一个联谊会。最后连我在内一共七人，大家围着一张放满食物的小圆桌，开始你一言我一语地开怀畅饮。

我不知道这联谊会的目的，但身在其中，感受到哈萨克斯坦人的热情。而老父两杯落肚后更开始用德语和我交谈起来。到了夜半，我已疲惫不已，到底 Zhandos 在哪儿？我很想洗个澡便去睡觉，但洗手间好像没有洗澡的地方，那我只好满身汗臭，肚满肠肥地与苍蝇共枕。

早上被阳光热醒了，全身又热又黏，到卫生间用手巾擦擦身体，吃点儿早餐，喝杯热奶茶便道别出发。到底 Zhandos 是谁？这个人存在吗？或是一个网络的虚拟人物？早上收到手机短信，说 Zhandos 正身处德国。到底短讯是谁发的？管他呢，反正我因此在言语不通的情况下，参与了一个地道的哈萨克斯坦人联谊会。

第四章
又爱又恨哈萨克斯坦

工厂上班一样

在巴尔喀什时，感冒缠身，被逼休息一天。离开巴尔喀什的早上，还未痊愈，正面吹来的风又热又干，呼吸时鼻子痛如刀割。我决定戴上面罩，掩护口鼻，保持呼吸时的湿气。

望望四周，土地的颜色变了，北部是黄色的干草原，中部是绿色的田园，现在是红色龟裂的干地，天空蓝得像以电脑修饰过一样，衬托那火黄的太阳，看着它也感到火烫。

沿途翻越山谷，欣赏巴尔喀什湖的美景。不管从山顶、从山腰、还是从山脚看，碧绿的湖水都深深吸引着我。突然，一辆私家车在我面前停下，心想：又是一些好奇想要打招呼的人？以前大都会停下交谈几句，现在则看情况和心情而定。这次既然他刻意停车，又走出车外，我也不

第四章
又爱又恨哈萨克斯坦

好意思不停。骑近看清楚，原来竟是来自法国的 Yogo。他说已领到中国大陆签证，便坐顺风车从阿斯塔纳到阿拉木图，一路上有预感会看到我。我们用力拥抱，互相祝福一番，再次分道扬镳。大概在阿拉木图不会遇见他，或者在中国大陆？在中国香港？有缘自然会再见。

在逆风中跑了几天山路，终于在山顶上看到平地，心情大好，放声大叫着冲下山。不过到了山脚才发现另一个考验——烂路。这次的烂路也比之前的好，汽车可以慢驶，但单车可行的位置不多。

入夜后，躺在营内，完全感受到地面蒸发出来的热。帐篷不透气，比桑拿房更闷，感觉自己正在被慢火烤熟。光着身体却汗流不止，无法入睡。半夜雷雨，狂风把帐篷吹得左摇右摆，营内终于清凉一点儿。我下意识想了一下："单车会否被吹走？"

还在。

"睡吧！笨蛋！"我安心了。

在路上再遇 Yogo　　　　"挂羊头卖羊肉"的烧烤店　　　　半夜打雷闪电

第四章
又爱又恨哈萨克斯坦

| 出发前 | 德国 | 波兰 | 立陶宛 | 拉脱维亚 | 爱沙尼亚 | 俄罗斯 | **哈萨克斯坦** | 中国大陆 | 中国香港 |

雷雨交加,直至黎明时分,我以为帐篷会湿透,醒来却发现地上连水的痕迹也没有,这便是哈萨克斯坦七月的热力吧。看看地图,今天要走的路没有任何城镇的显示,又是一条百公里荒芜的直路。

已经不是第一次骑进无人之境,自问算是经验丰富了。不过这种"无"的确有点儿难熬,无车、无树、无路牌。觉得自己像在工厂上班一样,工厂是我最讨厌的地方,里头总开着收音机播放音乐,让工人在刻板又重复的工作中,仍然意识到时间流动。路上的"无"使我感到自己回到工厂,要求的并非骑车技巧,而是无比坚强的意志,和一股"时间换距离"的强横信念。起床便骑车,看到餐厅便吃饭,日落便扎营,日复一日地征服这六百四十公里,从巴尔喀什往阿拉木图之路。

如果路上可以吃得好一点儿,我也蛮接受这种单纯的作业。这段路之所以难熬,是因为我还在病愈中,要戒吃哈萨克斯坦油腻的食物。但黄昏到达 Kanshengel 时,发现一连二十个档口"挂羊头卖羊肉"的烧烤店,别无他选,唯有烧掉喉咙也不愿饿死荒野。吃饱后躺在沙发上休息,热风吹来,看着蓝天黄土,摸摸肚子,打出羊膻的胃气,我自觉有点儿像下了班的哈萨克斯坦人了。

> 第四章
> 又爱又恨哈萨克斯坦

阿拉木图是一个依山而建的城市

今天只谈吃喝

六天的野外生活来到尾声，到达阿拉木图前，心中只有两件事情：洗澡、和接收香港寄来的物资。

阿拉木图是一个被山包围的城市，南面更是一群高达四千米的 Zailysky Alatau 山脉。城市依山而建，沿山坡而上是市中心。城中种满大树，正好把太阳挡住，亦将风速减去。比起阿斯塔纳，这里更有生活的气息。

从哈萨克斯坦朋友 Dina 的办公室，接收到支援队及赞助商寄来的物资后，便往沙发主 Vladimir 和 Tatyana 家进发。两地相隔不远，但因街名混淆，我花了近一个小时去找，最后还

阿拉木图的绿化做得很好 | Cathedral of the Holy Ascension | 阿拉木图

Vladimir 和 Tatyana 在 Ile-Alatau National Park 山中的家

全世界最年轻的地铁

要 Vladimir 到大路接我。

　　Vladimir 和 Tatyana 同时接待了其他旅者，大家又可以互相交流。我们谈及爬山，Vladimir 和 Tatyana 说他们计划年尾搬进山区，现在每逢周末都运送家具物品上山，明天也不例外，我们亦一致决定明晚在深山度过。

　　在浴室上磅时，发现自己只有六十公斤，还记得在柏林健身室时有七十公斤，三个月的骑行，足足减了十公斤。近日骑行时，也好几次要把裤子拉好。不过整体感觉健康，但既然自己瘦了十公斤，也就是说我可以放任吃喝。

　　早上在超市买了很多食物，大部分是零食。

支援队和赞助商寄来的物资　　　　　我要增肥　　　　　已经忘记上一次骑在单车道是何时了

131

第四章
又爱又恨哈萨克斯坦

1 放进羊肉，炒十多分钟　　2 加洋葱，添胡萝卜丝　　3 加入生米

4 Plov 上碟　　学习如何吃哈萨克咸鱼　　第一次用急救箱，幸好只是在路人身上

傍晚，我们驾车到 Vladimir 和 Tatyana 在 Ile-Alatau National Park 山中的家。车程不远，只有九公里，但大屋位于山谷之中，四面环山，气温也比市区低了十度。有如与世隔绝，只偶然听到猫头鹰叫，我们都问冬天积雪后怎样驾车出入城区，Vladimir 轻描淡写地说，到了冬天再说，自然会有办法，好一对爱冒险的夫妇。

Vladimir 是今晚的大厨，煮的是抓饭 Plov。一路上，我吃过很多不同的 Plov，是一道我很常点的菜，今天可以看看到底是怎样煮的。

在大锅内，先把大量的油煮滚，放进羊肉，炒十多分钟，熟后加进洋葱再炒，添些胡萝卜丝，当所有材料都煮好后，便在上面加入生米，在生米中埋进数只完整蒜头，把锅盖盖上，边看火边等米煮熟。一般煮米，我们都用水，而 Plov 的特色是用炒过肉和菜的油煮生米，而且羊肉和配菜都在锅内，肉香会渗进米内。

那岂不会变成油饭？这便很考究用油和用米分量等各方面功夫。

从切菜到上碟，共花了近三小时，Vladimir 把油控制得非常到家，饭很有羊的香味，那完整蒜头像奶油般滑，流进喉头，完全没有蒜头原本那种刺激的感觉。其后，自然是伏特加时间，我自知不胜酒力，两杯后全身火烫，配上美味的 Plov，大家开怀畅谈，寒冷的深山也顿时温暖起来。

从山中回到市区，德国来的 Irina 说要到警局报到，我犹豫了一下，决定不浪费时间在填入境单这件事上，到中国大陆边境再说。Irina 到过警局后，我俩相约在城内逛逛，想起阿拉木图新建了地铁，我俩都异常雀跃，要游览一下这个全世界最新的地铁系统。

阿拉木图的地铁，早在八十年代末苏联年代开始筹建。后因苏联解体，资金不足，工程一直停滞，直至 2011 年 12 月，地铁终于竣工。计划有三条行车线，现在只完成其中一条，共有七个站。既然一张票任坐，我们便从站头坐到尾，再回头去警局，让 Irina 取回护照。

票价一律八十坚戈，售票员笑容满面，闸前的职员制服笔直，还热心告诉我们如何把票投入闸机，我俩都装作无知，细心听职员示范。入闸后，荷枪警察要检查袋子，我们都乐意打开。候车大堂非常整洁，车厢采用蓝白色调，每一个站都因应站名而有不同装修。七个站不到一瞬间便坐完，我们以为只要走到对面月台便可乘车回去，但发现要出闸再买票才可到对面月台。无所谓，游玩嘛，高兴就好了。

陌路上熟悉的歌 / 007

Give Me the Food
Miss Platnum

Give me the food, I say, give me the food, give me no fruit if you love me.

第四章 又爱又恨哈萨克斯坦

闯关失败

离开阿拉木图往东北走,距离边境约三百六十公里,四天时间绰绰有余。第四天早上,眼见只有四十多公里便到中国,便从容不迫地起床,吃过简单的早餐,再在边境小镇多吃一顿午餐,便朝着中国进发。

心情异常紧张,一来是进入此行最后一个国家,但自己对中国大陆了解不多,很希望趁这次机会认识自己的国家;二来是因为要过关,未知要罚多少钱才可以离境。骑近边境时,真是过五关斩六将,每次被问及护照时,都担心一下,但他们都一一放行,可是还未到一个盖离境印的关口,心情还未能放松。

过了四个关口,终于来到第五个真正要盖印的关口。我推着单车,带着笑容,希望关员会走漏眼,看不到入境纸上少了一个印章。不过事与愿违,给逮捕了。关员说,由于我的入境手续未完成,理论上我还未进入哈萨克斯坦,所以不能出境。

"既然还未入,就把我赶走吧,门口都在那边了!"我心里大叫。当然我肉在砧上,唯有坐在地上等待。半小时内,前后来了四个关员,最后来的那位果断地说已询问过首都阿斯塔纳,我必须回阿拉木图重新办理入境手续。这真的是意料之外!我向他们强调,我的签证今天便到期,回阿拉木图意味着我会过期逗留,要求在关口付钱解决。不过,他们更坚决地要我回阿拉木图。

我心里七上八下。

眼见门外就是中国霍尔果斯口岸的剪影,现

| 出发前 Start off | 德国 Germany | 波兰 Poland | 立陶宛 Lithuania | 拉脱维亚 Latvia | 爱沙尼亚 Estonia | 俄罗斯 Russia | **哈萨克斯坦 Kazakhstan** | 中国大陆 China | 中国香港 Hong Kong |

靠 ThinkPad 翻译沟通

全车都是来自中国的维吾尔族人

哈萨克斯坦国旗

边境城市扎尔肯特

Charyn Canyon National Park

第四章
又爱又恨哈萨克斯坦

在却被离出口不到二十米的关口卡住,而且还要走回头路到阿拉木图。脑里不停地盘算,要像汤姆·汉克斯在《幸福终点站》中在禁区生活吗?庆幸在关口碰到一班开往阿拉木图的旅游车,用中文说服了那维吾尔裔司机,再打开荷包,由他伸手把所有钱取去。不过我知里面只有两千坚戈,此举无非是表现决心罢了。

旅游车从乌鲁木齐出发,每人都有自己一个床位,车上全是来自中国的维吾尔族人,但我并没有心情去交流。看着窗外的风景,掠过的全是过去四日骑过时所见的景物,感觉很不好受。而这七个多小时的巴士旅程,是肉体上最痛苦的一段。车在烂路上高速行驶,好几次我被抛到地上,痛得叫了出来,更担心是行李仓内的单车。

说实在话,心中多少带点儿兴奋,冒险嘛!就是要撞撞板、碰碰壁。可幸再次联络上 Vladimir 和 Tatyana,至少有落脚地,一切重新开始,重新部署。

教训是有的,但麻烦也是自找的,不能怨谁,只怪自己固执、鲁莽,没听别人的忠告,也轻视了这个国家的制度。

因为申请哈萨克斯坦签证时要通过这边的旅游公司,所以要解决问题,最佳方法也是通过这间旅游公司。我说明自己的问题,便请教方法。不过事件已经比昨天复杂得多,入境手续事小,签证过期事大。正确来说,我逾期逗留,犯法了。他们说轻则罚款,重则坐牢。当他们说要坐牢时,我"嗯"了一声,但当他们说最低罚款是八百美元时,我却"吓"了一声!

坐牢,是我一个人犯错一个人受罚。但八百美元不只是我一个人的,还牵涉到很多支持我的人。现在我却因为自己的愚昧,白白浪费金钱,我实在没法原谅自己。可惜,旅游公司不想惹官非,极希望以钱了事,我也只好用信用卡到银行提款。

提款机把一沓沓现金吐出,手上拿着足足两个月的旅费。这一刻,我内疚了,愧对所有支持我的人。我相信他们支持我的出发点是希望我平安,但这次我那爱惹麻烦的性格却使大家担心了。旅途刚好一半,正好让自己清醒一下,而且下一站是中国大陆,更要避免意气用事,因为要是在自己的国家惹了麻烦,可不再是钱能解决的问题。

我、Irina、Vladimir 和 Tatyana

第四章
又爱又恨哈萨克斯坦

自我反省

等新签证期间，我除了外出购买粮食外，大部分时间都独自留在家中。Vladimir 和 Tatyana 都去了山中的家打理家务，问我要不要一起去。我婉拒了，想独自闭关反省一下。

说是反省，只不过是躺在沙发上、待在厨房里、上网、看书、看电影和打扫卫生。不过，对于过去三个月都在路上度过的我来说，这种"平淡生活"的确有点儿难受。要等多久？还要罚什么吗？我刻意把这几天的生活变得刻板，把这种不安铭记于心。不过亦多亏这个空白期，我的体重在一个周末增加了三公斤，算是有所得吧。

周一早上旅游公司说一切都办妥，没问题，护照可以取回。我马上更衣，跑去旅游公司。外面阳光灿烂，我的心情更灿烂，因为我知道我终于可以再骑上单车。他们把入境手续办妥，再多给我半个月签证，罚款也不用再加，之前付的八百美元了事。

有半个月的签证，路如何走好？坐在厨房，面对地图和电脑，一面盘算骑新路还是骑回原路，边想边兴奋起来。

首先，新的哈萨克斯坦签证到十六号，还有九天时间，绝对可以骑远一点，从另一个关口入境。Vladimir 强力建议我骑去阿拉湖（Lake Alakol），沿着湖东走，在阿拉山口进入中国大陆。我看看地图，虽然要翻过不少山脉，但距离约七百公里，九天时间正好。放弃在中国大陆骑越天山虽可惜，不过我既然付了昂贵罚款，多换来半个月在哈萨克斯坦的时间，数数口袋里的哈萨克斯坦坚戈，应该可捱到边境。

进入中国大陆后，行程顺延，安排到每天只骑八十公里，希望这段旅程多花时间在人和风景上，而不是在单车上。回港日期亦由原先的十一月十日延至十一月二十四日，秋至南下，应该很舒服吧！

行程安排完后，在网上看了《我是李小龙》的纪录片，说实在，新的东西不多，但偶尔回顾一下，也可激发斗志。其中一段谈及李小龙背部受重创，他为了自我激励，在桌上的名片上写上"Walk on"，意思是要克服痛楚，继续走下去。经过这一星期的自我反思，面对余下的旅程，相信现在是最佳时候去 "Ride on" 了。

离开 Vladimir 家时，发生了一段小插曲。我先把行装放进电梯内，然后再把单车推进，可惜单车进到一半时，电梯门突然关上，把车子卡住，我用力把门打开，把单车拉出，可当门再关上时，电梯便失灵了。我的行装困住近一小时，最后要叫修理人员到场解围。大家都笑说阿拉木图不想我离开，我希望这只是一个笑话。

第四章
又爱又恨哈萨克斯坦

出发前 Start off ▶ 德国 Germany ▶ 波兰 Poland ▶ 立陶宛 Lithuania ▶ 拉脱维亚 Latvia ▶ 爱沙尼亚 Estonia ▶ 俄罗斯 Russia ▶ **哈萨克斯坦 Kazakhstan** ▶ 中国大陆 China ▶ 中国香港 Hong Kong

陌路上熟悉的歌 /008
Can't Go Back Now
The Weepies

无论昨天如何，前行是我唯一可以走的方向。

第四章
又爱又恨哈
萨克斯坦

维族家庭

又是东风。

我不禁问,哈萨克斯坦就没有其他风向吗?经过之前的逆风骑行磨炼,现在的我可说是平静得多。现在我有时间,在心理上胜了一仗。可惜,体能上却因上周的空白期而下降,在逆风、横风和暗斜上山路的连环攻击下,我却只能用一挡慢骑还击。因为在一挡骑行时,我都不时下意识地去再换低挡,按下时才发现,自己被击倒了。

山路路窄车也多,有货车司机伸头出来大骂,说我应该要骑在石地路肩上。我都一贯以左手在身旁从后到前划一个半弧形,意思是"你应该在我身旁超越"。当然,司机们都会不悦,但路也是我的,大家都公平地使用道路。但有次真的有货车试图把我迫到路肩,我们的距离真的可以用寸来做单位,幸好我正在爬坡,速度不快,一拉刹车,让它先行。

支援队说在塔尔迪库尔干找到沙发提供者,不过未能确认。主人家说会发短信给我,但到了七时还没有消息,就在一个油站上网看看有否更新消息之时,一个男子拍拍我的肩,用俄语问我去哪里。我指指地图说塔尔迪库尔干,接着他问我从哪里来,我答中国,男子便喜上眉梢突然说起普通话来。他说他从新疆来哈萨克斯坦七年,但刚搬来这城市,又问我晚上睡在哪儿,我说我在塔尔迪库尔干露营。他便邀请我到他家过夜,指指对面马路,示意不到一公里的距离。

第四章
又爱又恨哈
萨克斯坦

努尔旦一家

我看看手表，又看看地图，心中盘算一下，今天骑了一整天山路，虽然还有十多公里才到今天的目的地，但总不能放过入住民居，跟当地人接触的机会。

我跟着他的摩托车，走了不到五分钟便到他家，是一个有田园、养了两头牛的大屋，地方大且整洁。厨房、柴房、浴室在一栋建筑，睡房在另一栋建筑，另有一个小车房，三者之间的空当放了长桌和长睡椅，是休憩的地方。

努尔旦是维吾尔族人，三十八岁，有三个孩子，最大的十三岁不在家，另外有一个六岁的儿子和一岁半的女儿。吃饭的时候，他老婆和老父亲也在。虽然只是一顿住家饭，但热闹得像过节一样，十分温馨。努尔旦说自己来了这边七年，很久没说汉语，不灵光。我跟他说自己也没学过普通话，口齿不清，正好拉个平手。

他们说的维语我半点儿也猜不到，虽然我们都是中国人，但从语言、生活态度和饮食各方面，我们都非常不同。不过，这些都不重要，最重要的是我们能沟通，并融洽地度过这个晚上。

早上的风正面吹来，特别刺骨，有时候要穿

放影片自我介绍　　努尔旦的摩托车和我的单车　　活着真好

上风衣,可是背后的阳光却特别猛烈,像要把我烤熟。若要知道什么是冰火两重天,相信这十小时我完全体会到了,前面冷冰冰,后面火烫烫。但我的心情却异常平静,默默地听着音乐,既没有想到今晚的目的地,也没有留意身边的风景。我不知道怎样才算战胜逆风,但若我还能带着一个微笑,总不能说我败。

骑到晚上七点半,太阳开始躲进地平线,我也随便在荒野找了个地方露营。在营内看看ThinkPad Tablet 的 GPS,才知道自己真的在荒野,方圆十公里都没有城镇。我探头看天,无云,晚上又是一个赏星的好日子。我对星座不谙,大多是从漫画《圣斗士星矢》学的。看着星河,我非常佩服古希腊人的想象力,把漫天星斗创作成有趣的神话故事。我最喜爱的是北斗星,因为它独霸一方。每次看到,脑里都会闪出漫画《北斗神拳》的一句独白:"你已经死了。"

然后我都会呼一口气对北斗星说:"活着多好,自由自在的感觉多好。"

山路是我自己选的

美妙的顺风和下坡路，今日骑车如风飞快，不用七小时已骑到一百公里外的安德列雅夫卡，我把目光放在路的两旁，找寻隐蔽的草丛扎营。可是八时将至，天色渐暗，小村庄一个接一个，却没有草丛。不知是否早前在努尔旦家留宿，突然心血来潮，希望再造访本地人家。眼看前路依然灯火通明，便转移视线到大宅。

投宿三大要诀，第一，大闸要开着，按门铃太扰人了；第二，要有老人或小孩，总觉得安全一点；第三，要有花园，这样即便人家没有沙发也有扎营地。

下定决心后，便开始碰运气。骑了数分钟，看到一个老人从花园走出来，我也驶到他身旁，握手示好，再指指他家的草地，问可否在那扎营睡觉。他看着我，没半点儿犹疑便点头，连我也觉得自己太好运。屋内还有他的两个孙女和儿媳妇，其时正好晚膳，我虽用过餐，当然亦乐意加入饭局。

两个少女表现颇兴奋，手语、俄语、英语全部用上，反而她们的妈妈有点儿戒心。我便使出一贯绝招，先用 ThinkPad Tablet 播放我的骑行短片，再用翻译 App 沟通。两孙女都以哈萨克斯坦语为母语，俄语串字或文法，不时要母亲提点，那正好打开隔膜。

如是者，我们一直"玩"到晚上十一时，我也累得要说暂停，便在花园扎营睡觉。这是第一次觉得帐篷内宽敞舒服，因为所有行装都放到厨

第四章
又爱又恨哈萨克斯坦

房去了。

从安德列雅夫卡有两条路可去到阿拉湖,平路一百四十公里,另一条山路一百公里。我从不抱怨上山下山,一直都是以短为首选条件,而且总觉得山路不会有货车。虽然山高路斜,但背后吹着顺风,加上天阴清凉,骑起来特别舒服。

途中遇到一条河流,便决定跳下去清洗一番。河水从雪山流下,冰冷甘甜。不久后突然阳光普照,只消十多分钟,身上水珠都被晒干了。骑上车后,再十多分钟,汗流浃背。经过五十公里上上落落的山路,柏油路不见了,换来的是碎石路。

第四章 又爱又恨哈萨克斯坦

冰冷的山水

见到水就毫不犹豫地跳进去洗澡

清甜冰冷的山泉水

| 出发前 | 德国 | 波兰 | 立陶宛 | 拉脱维亚 | 爱沙尼亚 | 俄罗斯 | **哈萨克斯坦** | 中国大陆 | 中国香港 |

一偿所愿在阿拉湖游泳

在山崖边碰上碎石路，下坡危险万分。有次在山谷底倒下时，不知何时背后驶来一辆工程货车，相信我倒下的狼狈样子吓怕了司机，他也好心问我要不要顺风车。我看看手表，还有三小时才日落，剩下约三十公里，便拍拍尘埃，摇摇头道谢。

最后的下坡路，我终于望到阿拉湖，是一个辽阔而沉静的湖泊。正好太阳西下，我干脆在山上扎营，好好欣赏这个迷人的景色。山顶扎营，自然招风。风把帐篷打得啪啪作响，睡得不舒服，很早便被吵醒了，却焉知非福，欣赏到日出。阿拉湖是我过去一星期骑行的心理目标，我一直在烈日、逆风、上下坡时幻想自己在湖中畅游，所以不管如何，今早行程只有一个：畅游阿拉湖。

骑到湖边的一个小村，希望找点儿吃喝，

他戴上我的太阳镜也很 Cool　　他说这些湖底泥对皮肤好　　阿拉湖日出

第四章
又爱又恨哈萨克斯坦

原是借水，最后一起午餐　　　友善的一家　　　海关工作人员请客

冲入民居

排在货车龙之前等过境

就是这个空货柜

然后躺在湖边动也不动享受一番。可惜这村太小了，没有商店，连井水也没有。而我身上只剩下一包饼干，在这种情况下游泳，再骑九十公里，很不明智，所以只想问村民拿点儿水，然后出发。

　　好心的村民们不但给我打水，还邀请我一同午膳。他们说，从这里到边界都没食物，只有山水，所以最好在这里吃饱。他们说午膳后会去游泳，问我去不去，我自然雀跃万分。湖水虽冷，但我情绪高涨，因为过去一星期的愿望成真了。

　　往边境的路很直很烂，临近黄昏，刮起大风。我却乘着这股怪风，在七时左右到达边境。可是，站岗军人说边境已关，让我明早八时再来。我试图回头到镇上找旅馆，可是大风使我举步维艰。我问一位中国货车司机，希望可以在其货柜里睡。司机担心地方脏，我说我身上更脏，没问题。货柜内地方宽阔，但门必须在外关上，我被"困"了一个晚上。在黑暗的货柜中躺着，想起电影《枪火》中的一幕戏，想着想着便入睡了。早上打开货柜的一刻，锋利的阳光把黑暗切开，我有一种重回人世的感觉，睡货柜还是远比在烈风中摸黑露营安全。

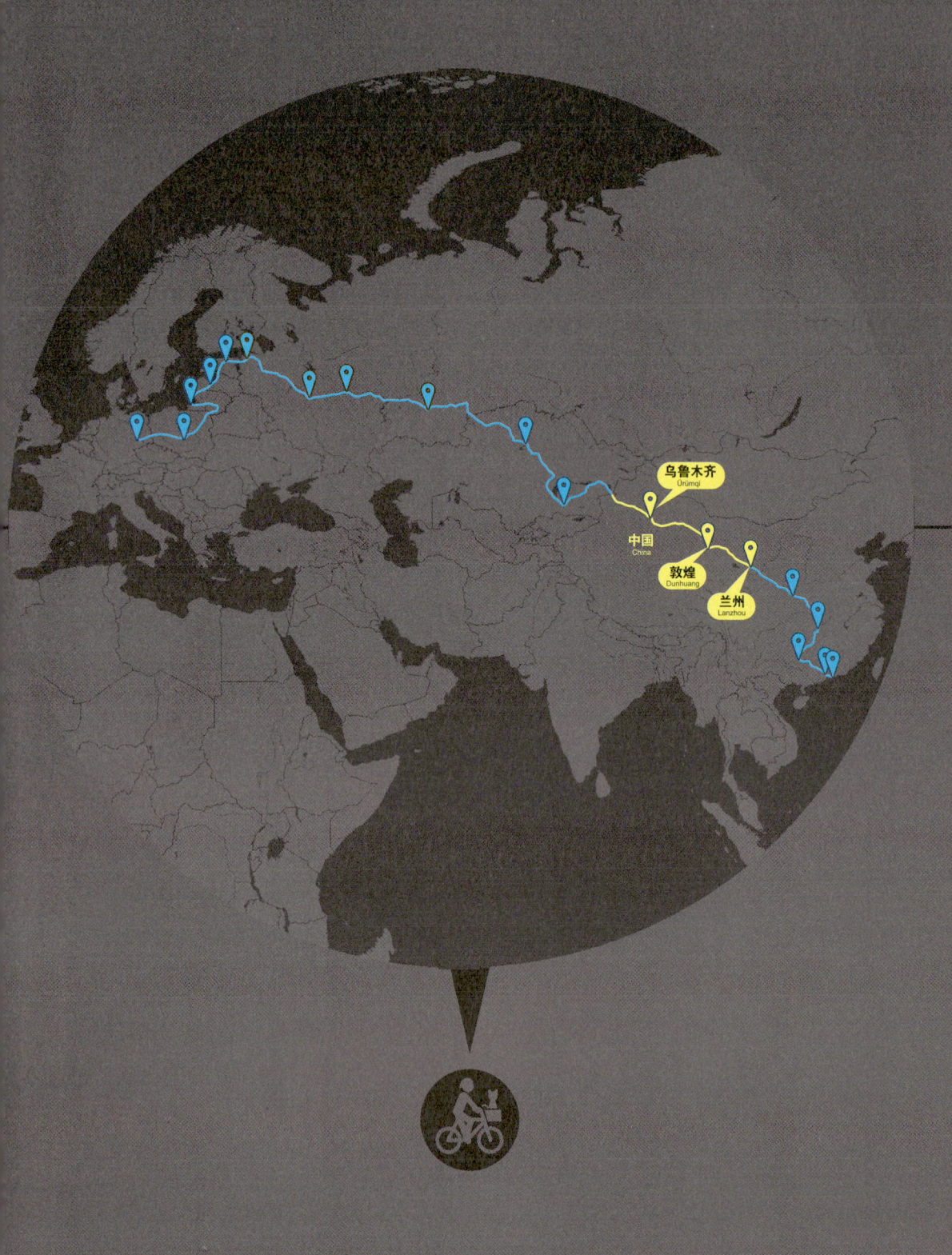

第五章
骑进历史的洪流里

最后一个国度

单车不能独自过境，等了两个多小时才有旅游车可以"搭单"载我。离开哈萨克斯坦没有困难，但到了中国大陆，一群年轻武警对我所有的东西都好奇。他们查问行李里的每一件东西，连洗发水也打开来嗅一下，电脑和相机中的内容当然也难以幸免。由于我的行李特别多，所以同时被三个武警"服务"。说是被服务，是因为他们的态度友善，更替我把行李拿回车上。对，为人民服务应该是这样的。

不过，过了检查站，还有海关。全车的哈萨克斯坦游客都被海关再翻行李，我排在最后，心想又要全查？但海关们只对我电脑内的东西感兴趣，其他的只瞄一眼便算。终于过境，我忍不住在闸口列队的公安们面前大叫了一声："中国！"他们笔直地站岗，微笑回应。

过境共花了五个小时，加上两小时的时差，到阿拉山口已是下午二时多了，我决定今天休息。找了间价格合适的旅馆洗过衣服，便上餐馆，打

| 出发前 Start off | 德国 Germany | 波兰 Poland | 立陶宛 Lithuania | 拉脱维亚 Latvia | 爱沙尼亚 Estonia | 俄罗斯 Russia | 哈萨克斯坦 Kazakhstan | **中国大陆 China** | 中国香港 Hong Kong |

单车不能独自过境，要坐旅游巴士　　　　　武警把行李一一检查　　　　　在精河结识了一群当阳来的骑友

第五章
骑进历史的洪流里

看到天山连心都清凉

高速公路好得无可挑剔　　军队把高速公路封了　　给吓了一跳　　休息中

乌鲁木齐

开看菜谱,感动起来,是中文呀!点了一碟羊肉,两碟炒菜,加上白饭。上菜时也觉得点了太多,但慢慢吃竟能全部吃精光,看来,我失去的十公斤可以在祖国吃回来了。

精河市是我在新疆第一个接触的城市,亦是中国大陆的第一个。之前以为俄罗斯交通疯,谁知哈萨克斯坦的司机更狂。但要说疯,中国大陆交通肯定雄霸世界。

往乌鲁木齐的 312 国道断断续续,所以骑上高速公路是默许的。很久没有骑在这么平坦的路上,回想过去一个月的上下山、石路、烂路,

有点儿感慨。看着右边的天山山麓,山顶上积着的雪,心也清凉起来。

回到中国才几天,明显发现自己的生活习惯变了。以往早午晚餐分明,用膳便是用膳,以吃饱为目的,现在吃饭并不只是为了充饥,很多时候是为了满足口腹之欲。事实上,这几天吃的零食比正餐还多。

石河子是新疆的大城市,我决定骑进城内,吃顿午饭,观光一下。正当我四处张望搜寻食肆时,一个骑着折叠单车的男人把我叫住,我看他的车包,是一个挺好的品牌,再加上他一身运动

乌鲁木齐夜市

打扮,应该是骑友。交谈了一会儿,他说要替我开个房,今天好好在石河子休息。我看看表,看看风,今天是骑行的好日子啊,所以我建议一起吃午饭,边吃边谈,再计划。

天旭兄在2010年世博会时代表新疆,沿着312国道一直由霍尔果斯骑到上海,所以他对我要骑的路很有心得,而我也想多了解在中国大陆骑车的要诀。午饭后,我决定留在石河子,虽然只骑了三十公里,但有缘跟同道中人分享"骑经",这比什么都可贵。

妈妈曾经叮嘱,不要太轻易相信别人,说我的戒心已经跌到谷底,但我希望以大同的心去面对人。当天旭兄邀请我到他家时,我兴奋地说好。我深信曾经作过长途骑行的人,都会比较开朗,享受人与人之间的交流。我希望自己可以信任人,也许有吃亏的时候,但我享受这种单纯的接触。

天旭兄跟我仔细分析312国道的每小段,也邀请了他的朋友一起骑到乌鲁木齐。我们都对大家的骑车经验异常感兴趣,吃着驴肉,喝着凉茶,从单车谈到社会话题,从丝路谈到生死观,开怀地共度了一个晚上。

骑进乌鲁木齐时,人多车多,不是味儿。看着四周的环境,一时以为到了观塘工业区,一时以为在西九龙走廊上,左右都是住宅。骑近市中心,更有点儿觉得自己在湾仔的告士打道塞车中,这应该是城市的共通点吧。

突然,我看到小贩手上的气球。生活需要气球吗?我不需要,也许其他人要。但必要吗?我再看看其他小贩,卖的都是莫名其妙的东西,都是生活的"无需品"。欠缺这些东西,绝不会对我过去几个月的生活有威胁;拥有了它,也看不到对未来几个月生活有帮助。

城市生活的空虚感,也许正是从这些"无需品"而来的。这些东西挡着了我们最直接最单纯的生活触觉,我们以为这些东西会带来方便和快感,但大部分时候它只产生无余和依赖。因为方便,我们可以做的事或许多了,但生命的本能正在减少;因为这种快感,我们以为生活是美好的,却忘了满足的快乐。

警察在捉忍者龟吗　　和单车旅者 Yen 谈天说地　　好明显我在大巴扎是游客一名

新疆著名的大盘鸡　　自助火锅最合我心意　　美娟夫妇

口里人在口外

在中国大陆找做沙发客不易，大部分中国大陆人都偏好接待外国人。每次到旅馆登记时，我都必须强调自己不是外宾。有的看到通行证上写着"广东省公安厅"便登记，有的问长问短，最后，我说如果我不能登记，便表示你不认同中国香港是中国一部分，又或是你们旅馆的电脑系统还未更新，因为其他旅馆都已把港澳居民来往内地通行证列为有效证件，他们听后都会人工做登记。

此次乌鲁木齐的沙发提供者主动发出接待邀请，我亦十分好奇到底中国大陆的沙发客会是怎样的呢？

美娟和她老公是一对年轻夫妻，二人都在车行卖车，收入算是比平均水准高。我坐在他们家中的 L 型沙发上，看着挂墙四十多吋平板电视，也体会到一点美娟口中所说的"一般"年轻新疆夫妻的生活。

我们整个下午都在家交谈，话题非常多元化。从我在国外的生活，到她对新疆与内地差异的分析。谈到旅游时，大家都手舞足蹈。原因是持中国大陆护照申请签证出国旅行相当麻烦，所以他们对有海外生活经历的人感到好奇。对新疆人来说，更是如此。美娟说，在新疆人

| 出发前 Start off | 德国 | 波兰 | 立陶宛 | 拉脱维亚 | 爱沙尼亚 | 俄罗斯 | 哈萨克斯坦 | **中国大陆 China** | 中国香港 Hong Kong |

口中，非新疆人被称为"口里人"或"国内人"，这跟香港人称呼"国内"同胞类同。我不知道是他们认为我们不同，还是我们自觉跟他们不同，但在这称呼上，我和美娟都变成了"国外人"。

为了恶补一下西域历史和地理，我特意跑到新疆博物馆。新疆是一个多民族聚居区，多元的文化，令这片土地的色彩更为丰富。其后在街上碰到一位单车旅者 Yen，他向我解释，维族人眼中的汉人，根本少之又少，经历几千年的民族融合，谁能说自己是纯种汉人？没办法也不必要。我回应，活了三十多年，只有在哈萨克斯坦进入中国大陆边境时被人问了一下，才意识自己被冠为"汉人"。我不知道要有什么条件才是汉人，只知道护照上写着我是来自香港的中国人。

我和 Yen 都认为，只有不尊重自己的人才会去侮辱别人，这是个人修养的问题，跟民族无关。但人本是脆弱，需要社群，往往更因为自求强大，投靠强大的社群，掩饰弱小的自我。纵然我一人独自骑车，也不能完全摆脱社群，亦发现骑友之间也有一个无形的社群（当然，有形的也很多）。不过，要真正达致和谐，并不是单靠布满城里各种"爱国爱疆"、"聚是力，分是祸"

165

第五章
骑进历史的洪流里

等等的标语，只要大家多点儿笑容，多伸出援手，人与人之间的隔膜便会打破，戾气也会减少，和谐自然衍生。

在乌鲁木齐有一个地方叫大巴扎，是一个少数民族聚集的地方。美娟说平时他们不会到大巴扎，自己也不敢一个人来，这次正好有我这个游客，也有借口一游，便硬把老公拉来带路。一下车，听到满街维语广播，美娟夫妇异口同声说："在这里，我们和你一样都是'外国人'了。"这里以维族人居多，据说以前在这儿几乎找不到汉族人，现在情况已经不同，而几年前的新疆7·5事件发生地正在大巴扎附近。

我们跑了一个小圈，进过几间小店，这地方给我一种似曾相识的感觉，就像身处柏林的纽科林（Neukolln），一个充满土耳其和阿拉伯异乡风情的小区。毕竟，在柏林或在乌鲁木齐，我都算是客人吧。

第五章
骑进历史的洪流里

天山蛋挞

离开乌鲁木齐，经过亚洲最大的风力发电厂。又逆风了，我忽然记起路上一位骑友的伟论："好心肠的人，自然会遇上顺风。坏心眼的，当然会遇逆风。"我无法反驳，默默地承受吐鲁番盆地吹来的热风。

自从进入中国大陆境内，都没见到天地一线的景象，多少怀念这种"无"。今天再次看到，有一种与老朋友再会的感觉，直至出疆，我知道这机会将陆续出现。

按照地图，火焰山景点在312国道之上，不过我忘了火焰山离吐鲁番有多少公里，一直怀疑自己错过了。失望之际，我一转头，骤然看到巨大的火焰山就在左边。火焰山被浓雾包围着，但热气犹存，看似山上的火才被扑灭。当我看到景点大门有一个孙悟空手持芭蕉扇的雕像时，我深信一定是老孙知我怕热，把火扇灭了。可是，他扇的方向对我不利，也难怪，他们向西游，我向东骑。

我没有付钱进入景区，因为我不认为看山看湖看沙漠应该付入场费，难道在闸内看火焰山跟在闸外看的不一样？唯一的分别，可能是闸内那几位身穿《西游记》戏服的表演者罢了。

从鄯善到哈密的三百二十公里高速公路，是新疆路段最有挑战性的。第一，途中城镇寥寥无几，补给站可遇不可求；第二，著名的"百里风区"就在这段公路上，早几年还试过把火车吹翻。单车？被吹得飞起来也有可能。

第五章
骑进历史的洪流里

| 出发前 Start off | 德国 Germany | 波兰 Poland | 立陶宛 Lithuania | 拉脱维亚 Latvia | 爱沙尼亚 Estonia | 俄罗斯 Russia | 哈萨克斯坦 Kazakhstan | **中国大陆 China** | 中国香港 Hong Kong |

离开鄯善时吹着顺风，不消一会儿便到了高速公路入口。一离开城镇，在空旷的地方便开始感到逆风的可怕，也体会到为什么火车可以被吹翻。

往鄯善方向的高速公路正进行维修，往哈密方向改为单线双行。我看到一位骑友骑在维修的路上往鄯善方向走，我雀跃地把单车驶过去，询问一下前面的路况。他说路好得不得了，一直封路至哈密，单车可以独占公路，但补给要到百里外的一碗泉，意味着今天不会有什么补给。我谢过他后，继续逆风而行。

风，有时从正面吹，有时从侧面吹，我独个儿在公路上骑得左摇右摆，可幸无车，摇动多大也没危险。那种大幅度操控车把的感觉，令我回想起以前学风筝滑板的情景。上身要感应风力风向摇动风筝，下身要保持平衡摆动滑板。想不到，竟然在高速公路上找回这种感觉。但这逆风骑行没带给我任何快感。到了七点多，幸运地找到一个工地隧道，虽然脏，但风不大，总比在公路下的通风口扎营暖得多。

早上起床，走出隧道，感到风比昨天弱，骑速也快多了。骑了二十多公里，发现公路上竟出现了一间商店，竟然在封了的公路上营业？虽觉奇怪，但我一心只想着热食，推门一看，二话不说叫老板替我泡个方便面。

吐鲁番到处都是葡萄

葡萄干

哈密瓜

吐鲁番

173

第五章
骑进历史的洪流里

遇上蛋挞

遇上蛋挞

吃面时突然从门外跑进一只小猫,双目失明,奇丑无比,身体又脏又瘦,应该还未满月。小猫声嘶力竭地喵喵叫,走近老板再一跃上床,老板全神贯注地玩扑克牌,一手把她扫到地上。其后老板娘和她女儿回来,女儿听到猫叫,便向小猫踢一脚,小猫痛叫一声,又被踢一脚。这可不是我吃面时想要的余兴节目,于是开口试探:"这猫好像很不健康,不如让我带上路吧?"老板娘表示早已不想养她,亦觉已患病养不大,巴不得让我带走。

我也看到猫有毛病,但总觉得动物生命力强,

174

| 出发前 Start off | 德国 Germany | 波兰 Poland | 立陶宛 Lithuania | 拉脱维亚 Latvia | 爱沙尼亚 Estonia | 俄罗斯 Russia | 哈萨克斯坦 Kazakhstan | **中国大陆 China** | 中国香港 Hong Kong |

只要给她吃喝温暖，一定可以活下来的。我在店里要了一个纸皮箱，穿上几根麻绳，简单地在手柄上扎了一个笼。我没有养过猫，不知道猫吃什么，便在店里买了两条鸡肉肠。鸡肉肠一开封，小猫马上飞扑来，一口气吞下半条，她应该已饿疯了。我再把塑料水瓶底切掉，盛水给小猫，她"咕噜咕噜"地喝光。

小猫女刚坐车时不停地叫，想爬出盒外，我要多次停下，待她安稳下来。最后，她哭累了，静静地睡着，我也可以加速了。幸运的是，骑过"百里风区"时风不大，我可以边骑边观察着小猫的动态。第一次休息时，我把猫放在地上，她立刻跑到大石后面，身体颤抖不已。不过只要我把鸡肉肠拿出，她便走回我身旁。之后，我学会了先把粮水备好，才放她落地，免她走得太远。小猫食欲超强，两次休息已把一整条鸡肉肠吃掉。

今天的奇遇除了小猫，还有猴子。

猴子是一位广西骑友，当他自我介绍时，我真觉得这名改得没错。他个子比我小一个头，满面胡子，黝黑皮肤，活像一只猴子。他从苏杭出

175

第五章
骑进历史的洪流里

| 出发前 Start off | 德国 Germany | 波兰 Poland | 立陶宛 Lithuania | 拉脱维亚 Latvia | 爱沙尼亚 Estonia | 俄罗斯 Russia | 哈萨克斯坦 Kazakhstan | 中国大陆 China | 中国香港 Hong Kong |

发要环中国大陆国界一圈，一年半时间跑过西藏、北疆等地，再向内蒙古、山东方向进发。既然同路，我们便结伴走一段吧！现在我有猫，又有猴子，旅途一下子热闹起来。

晚上我用 ThinkPad 将小猫的照片放上网，希望网友指教养猫技巧和替小猫命名。载她的纸盒上写着"蛋黄派"，但蛋黄这名字叫起来并不响亮，最后我决定为小猫女取名"蛋挞"，因为每次把她拿起时，我都觉得自己拿起一个刚出炉的蛋挞，要温柔小心。

哈密是我遇上蛋挞后第一个经过的城市，我要为她造一个新笼，买猫粮和其他基本猫用品。不过在新疆找宠物店可比找野味店困难十倍，我走遍各大小商场和杂货店，看到化妆箱、腰包、硬皮纸箱等容器，最后，我还是觉得装食物的塑胶盒最耐用。在一超市内找到一个大小适中的，十五块钱，价钱合理。幸运地，我还在这超市内找到宠物部，有猫粮，而且是特别为幼猫而配制的。再买除虱颈带，几条小毛巾，应该足够吧！

回到宾馆，我兴奋地打开猫粮，因为我担心蛋挞会不吃。的确，吃过几天肉肠，谁还会吃这些干粮？不过以我养狗的经验，把少许肉肠混在干粮中，好让她知道这是能吃的。成功！虽是小事一桩，但成就感很大，好歹也买了五百克猫粮，她不吃会很浪费。然后我在塑胶盒上开洞，用绳子将它扎在车头，再垫上小毛巾，光是看到我也觉得舒适，希望蛋挞的想法和我一样吧。看着蛋挞吃猫粮，再看看她的新居，我实在对接下来的骑行期待万分。

第五章 骑进历史的洪流里

哗！莫高窟呀！

蛋挞对她的新座位不太习惯，不停地喵喵叫，我要不时掀开盖，轻抚她的头。不过幼猫睡眠量大，不消一会儿她又进入梦乡，我也可以专心骑车。离开哈密的公路，依然是单线双行，所以我和猴子大摇大摆地骑在自己的高速公路上，这亦是我一直期待的戈壁滩公路。

骑单车最高兴的就是能够经过海、湖、草原或沙漠。接近大自然，让我更感觉到单车旅行的原始性。不断重复同一动作，让身体进入静止的状态，被大自然包围着，好像有一种动物的灵性，刹那间会感到无比自由。

可惜，中国大陆的高速公路是被铁线栏围着的，我不知道是要保护大自然，还是要保护公路，但这把我和大自然分隔了。每次回头一看，总是先看到铁线，再看到沙漠。所以纵然身处黄沙之中，感官上是百分百身处沙漠，但心理上，还是觉得自己骑在高速公路上。

随意在戈壁滩上废屋留宿，入黑后才发现有很多老鼠，但只在猴子的房间，可能因为他煮面后留下大量残渣，又可能因为我有蛋挞傍身，并没有被老鼠打扰。进入甘肃后，我便和猴子分道扬镳，因我希望按自己的步伐前进，并多花点时间和精力照顾蛋挞。毕竟，我身边多了一条生命，不能忽视。

从柳园镇到敦煌的215国道长一百三十公里，是一条没有铁线栏的下坡直路，风景和路融为一体，和沙漠也没有隔膜，爽极。敦煌是沙漠中的一个绿洲，若没有感受过沙漠的热，根本不能体会绿洲的凉。骑在这百里路上，我开始明白，到访丝绸之路

第五章 骑进历史的洪流里

月牙泉　　　　　　　　敦煌夜市　　　　　　　　莫高窟的颜料介绍

莫高窟

出发前　德国　波兰　立陶宛　拉脱维亚　爱沙尼亚　俄罗斯　哈萨克斯坦　**中国大陆**　中国香港

并不能只"到过",而是要"走过",不然就感受不到"西出阳关无故人"那种塞外的荒凉。

到达敦煌,游人极多,顿时体会到什么叫"盛世敦煌"。敦煌从来都是来往丝路的游览胜地,数千年前,情景也许大致相同。敦煌算是我离开乌鲁木齐后,最有游客味的地方,亦意味着"贵",花钱时要分外留神,物价比平常贵两至三倍。虽然还不能跟以往去的国家相比,但我决付不起三十元一杯的咖啡,因为我的双人房房价才是四十元一晚。

敦煌的重要景点有两个,莫高窟和鸣沙山中的月牙泉。月牙泉是自然奇景,沙漠中央有泉水涌出,不过据说泉的周围种植了很多中药材,很多人慕名而来,泉水一度面临消失的危机。现在的月牙泉已经非常人工化了,是真泉水还是自来水?不重要了,因为这里已失却了大自然的气息。

虽然月牙泉让我失望而回,却不影响我游莫高窟的兴奋心情。佛窟在市外二十五公里,坐公车约半小时。我买票后,穿过莫高窟牌坊。

"是这里了。"我说。

"小时候在丝路纪录片里看到的彩色壁画山洞,就是这里了。"

入场必须跟随导游,每团约二十人,看八个具代表性的窟。窟内漆黑,微弱的光线从门外射入,导游开着手电筒,照上天花,顿时数以千计的佛画在头上显现。哗!满天神佛呀!自问旅行到过的地方也不少,但使我有"哗"的反应,就只有中国大陆的长城、印度的泰姬陵、波兰的集

181

第五章
骑进历史的洪流里

中营、罗马尼亚的国会大楼,然后就是莫高窟了。来到莫高窟,让我感到时光倒流,历史一层一层地埋藏在地下和壁上,我赞叹前人对宗教的虔诚,还有他们的超凡创造力和审美品位。

看过莫高窟后,敦煌在我心里已留下美好深刻的印象。然后我带着蛋挞去看兽医,了解她眼睛的病,替她打疫苗。之前想过待她强壮些便交给路上的好心人,不过,我既已为她命名,分离就如切肤之痛。我没强求和蛋挞的缘分,但一起回港是我的目标,所以入境手续一定要办得清清楚楚,而打疫苗是其中一项。

到达诊所时已是正午,门锁上了,意味非营业中,是午膳吧?我也只好打道回府来个午睡。一醒已是三时,再访却仍然关着门,这午膳可真漫长呢!我也饿了,就在对面街吃着浆水面。

浆水面是冷面,在炎夏很受欢迎,没肉没菜,重点全在汤里。不同地方有不同的浆水面煮法,而敦煌的浆水面是酸甜的,有点儿像柠檬汁,入口非常清新。

再回诊所,终于有人了,有两个妇人看诊。单凭她们的外观,如果不是门口写着兽医,我会以为自己进了杂货店铺。诊所有点儿凌乱,除了桌上有少许药水和针筒外,便找不到其他和"医"有关的东西。这里没有猫疫苗,而蛋挞吃拉睡玩都没问题,只是眼睛发炎,需要不停地为她清洁眼睛。兽医们示范如何为蛋挞洗眼,回去后需每天为她洗一次,五支药水承惠五元。

| 立陶宛 Lithuania | 拉脱维亚 Latvia | 爱沙尼亚 Estonia | 俄罗斯 Russia | 哈萨克斯坦 Kazakhstan | **中国大陆 China** | 中国香港 |

绿洲　　　　　　　　　这里有老鼠但我有猫

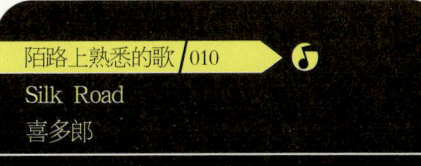

陌路上熟悉的歌 / 010
Silk Road
喜多郎

小时候在电视上听到，对丝路产生好奇。
身在敦煌再听，时间好像凝住了。

第五章 骑进历史的洪流里

风力之都

  有点儿不舍得敦煌,不舍得那盛世夜市和好吃的小食。不过,一出敦煌收费站,热风便把所有美好回忆吹散了。

  面对一望无际的沙漠,吹来的不止是热气,还有风沙。风沙吹来时,单车一定要停下,一来看不到前路,二来沙打在身上是痛的。在风沙暴中,我紧闭眼睛,紧闭嘴巴,低着头,握紧单车,祈求不要被吹倒在地上。

  我边骑边留意周围有没有建筑物可扎营,公路下的通风口很低,火车轨下的通风口太大,其余的是修路工人的帐篷。直至黄昏,我骑到甜水井火车站,问问可否就地扎营,可惜被拒绝了。站长建议我多走十公里,那儿有些破屋可以扎营。

  如果要你选,你会住一间遍地干屎,或是那躺着腐化了一半狗尸体的破屋?我毫不考虑地把单车推进狗尸体的破屋,因为要扫走多如繁星的干屎太花时间亦太恶心了。

  新帐篷是在敦煌买的,比之前的大,但物料奇差,好过纸扎一点儿吧,倒跟价钱成正比。我粗略计算,在中国大陆露营的机会不多,便不破费买太好的,最重要得轻。这帐篷不挡风雨,但能在石屎地起营便可。

  离开瓜州这天,从市中心到高速公路收费站,不过四公里路,但我又骑,又拿,又推着单车

出发前 ▶ 德国 ▶ 波兰 ▶ 立陶宛 ▶ 拉脱维亚 ▶ 爱沙尼亚 ▶ 俄罗斯 ▶ 哈萨克斯坦 ▶ **中国大陆** ▶ 中国香港

烽火台

嘉峪关外

悬壁长城

总共花了一个半小时才到达。今天风大得连单车也骑不动，把单车停在路旁，掏出 ThinkPad 查看天气。结论是，若今天不走，风至少要四天后才减弱；若今天走，则坐顺风车走。

我决定今天走。

要截顺风车一点儿也不难，在高速公路上等了十分钟便有。但去玉门或是去嘉峪关？司机大哥说玉门仍在戈壁滩，风亦很大，建议往嘉峪关比较好。

在车上，我看着掠过的风景，心里极不好受。是我太懦弱，找借口坐顺风车？还是风要我学习些什么，迫使我不能骑行？的确，自从回到了中国境内，骑行心态完全改变，吃好的、住好的，零食想买便买，那种朴实原始的浪荡生活一下子消失了。

去一个月，受挫折的能力也减低了。

二百五十公里的路，不消数个小时便到。两位司机大哥很热心地把我的单车和行李拿下，我把所有东西搬到公路边，便向两位大哥道别。当我把行李袋打开时，赫然发现有一个空位，是我的相机呀！我竟然把它遗留在车上！冷静，司机的电话？没有，车牌号码？忘了，追吧！但单车怎么追货车？也许司机大哥在数公里后发现，会停下等我。我从嘉峪关城西一直骑到嘉峪关市中心，是逆风，但我没有停，但我只知道货车要去酒泉，天大地大怎找一辆货车？

相机是朋友借给我的，价值不菲。内里的相片虽没有重大损失，但还是承受着因为大意带来的挫败感。

第五章 骑进历史的洪流里

然而时间不会因心情欠佳而停顿,景点还是要去。嘉峪关的景点颇多,可惜天各一方,相距数十公里,但重点还是嘉峪关城,坐公车一块钱便从市区到景点门口。站在城墙上,看着一片荒芜,回想过去四个多月在"塞外"的旅途,今天穿过关门,算是入了关,是旅途的分水岭。过去的,突然变得好遥远,就像是一望无际的沙漠一样,只可以确认自己走过,却看不见足迹。

酒泉只离嘉峪关二十多公里路,加上下坡,只要一个多小时便到,我只想换换环境,收拾一下心情。往酒泉的途中,遇上一对十来岁的姐弟,他们从嘉峪关骑到酒泉,是为了探访母亲朋友刚开业的珍珠奶茶店。我们边骑边谈,最后他们说要请我喝奶茶。这就是大西北人的好客性格,年纪轻轻也做东请客。我欣赏他们的豪爽与童真,自然赏面。事实上,他们连店开在哪也不知道,边骑边打电话问路。

奶茶店位于酒泉市中心的鼓楼附近,小食街街头,人流蛮多,以酸奶沙冰和果饮为主。老板是一位二十五岁的青年,热情好客,闲谈几句便要请我吃酒泉凉面,而我也光顾了他们自制的酸奶酪,的确非常新鲜。但我再看看价钱牌,产品价格平均七至八元,属高价饮品,连老板也知道这种饮料在酒泉是一种奢侈的消费。在我看来,附近校园也多,只要品质好,这种饮料不愁销路。但问问租金后,哗,竟然要五千元一个月,屈指一算,要做老板的确不是易事。我闲着没事,坐在店前,他和拍档总是带着笑容。敬业乐业地过日子,比什么都重要。

凌晨时分,睡不着,在网上翻看"天行者",故事大概说一个出狱的古惑仔要改过自新,但黑白两道处处为难。看毕,我心血来潮把留了四个多月的胡子刮掉,我要把遗失相机的事淡忘,来一个新开始。胡子刮了近二十分钟,刮清后照镜子连自己也吓了一跳,一直知道自己瘦了,但从不知道脸庞瘦了这么多。在镜前看着这张似曾相识的面孔,好像找到那埋藏在胡子下,焕然一新的自己。

祁连山脉

| 出发前 Start off | 德国 Germany | 波兰 Poland | 立陶宛 Lithuania | 拉脱维亚 Latvia | 爱沙尼亚 Estonia | 俄罗斯 Russia | 哈萨克斯坦 Kazakhstan | **中国大陆 China** | 中国香港 Hong Kong |

风沙暴

他说要请我喝奶茶

酒泉

奶茶店

瓜州蜜瓜

承惠一元

我和蜜挞都是流浪长大的

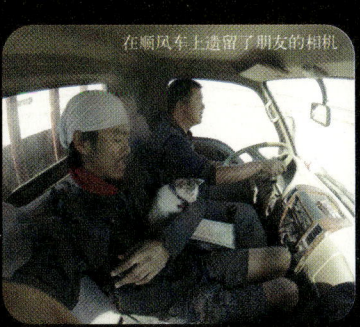
在顺风车上遗留了朋友的相机

我要一个新开始

第五章 骑进历史的洪流里

毕业日

　　在联想敢想敢做团队的提示下,知道在张掖西边四十公里有一个丹霞地貌国家公园,而这地貌便是早年张艺谋拍摄的《三枪拍案惊奇》的主场景。电影内容我一点儿也记不起,但戏里那些彩色山脉却令我留下深刻印象,我决定一访丹霞。

　　到达景点,已经晚上七时了,离关门时间不到一小时,虽然黄昏下的丹霞应该很美,但若我入黑才出来,找扎营地会变得困难,还是明早才欣赏吧。在景点门外,一对年老夫妇把我截停,问我是否住宿,我反问他们有否地方给我扎营。一番拉锯,他们竟愿意让我在旅馆停车场扎营。

第五章 骑进历史的洪流里

| 出发前 Start off | 德国 Germany | 波兰 Poland | 立陶宛 Lithuania | 拉脱维亚 Latvia | 爱沙尼亚 Estonia | 俄罗斯 Russia | 哈萨克斯坦 Kazakhstan | **中国大陆 China** | 中国香港 Hong Kong |

我跟老婆婆到他们的旅馆，原来是前铺后居，还有餐厅。那我也不好意思只扎营，所以点了小菜白饭。

我把营具拿出来时，他们儿子和媳妇都惊讶我真的在扎营。

"晚上入黑便冷起来了。"二十来岁的儿子说。

"无所谓，我有睡袋。"我答。

"一个人出来跑，病了便麻烦，进室内住吧，不收你钱。"儿子告诉我。

都说，大西北的人真好。

丹霞是美，但并没有美得让我赞叹。可能是早上的光线太利，反映出来的颜色不够鲜艳，又或是同车游客的一些无公德行为，使我注视他们多于欣赏丹霞。

第五章
骑进历史的洪流里

蛋挞在张掖打了疫苗和杀虫针

张掖距丹霞约四十公里,全下坡,若不是逆风,两小时多便会到。最后却吸着大量灰尘,花了三小时才到达。后来,在大佛寺后门,我看到一整条卖着金鱼和宠物用品的街,便问有否为猫注射疫苗。其中一间说二十八元本地疫苗,五十元荷兰疫苗,反正五十元也不算贵,心里总觉得进口货会好一点儿。宠物店老板还问蛋挞有否除过虫,然后免费替她注射,临走更送我一包五百克的国产猫粮。

傍晚随便在弃置的房子里扎营休息,蛋挞打了针后,一晚在营内拉了五次软便,我被臭醒了五次,睡得特别不好。

高速公路把长城也分开了

第五章
骑进历史的洪流里

张掖

武威

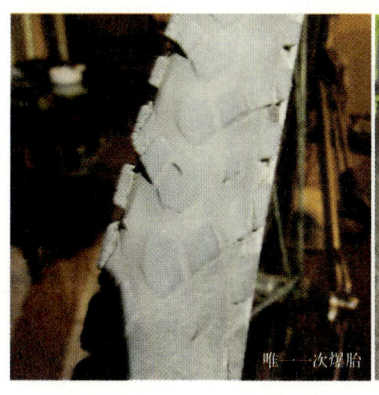
唯一一次爆胎

新轮胎

是太饿了吗

早上,天气阴寒,下过雨,地面湿湿的,远眺雪封的祁连山顶。骑在顺风中,自然不知道有多大风,爬了二十公里坡后,在桥下休息,才发现背面吹来的风又猛又冷,单车也要依栏杆停放。这不就是我一直期望的顺风吗?

数公里后,开始下坡,而且路很斜,粗略计算,我以时速五十公里下坡,连单车最高的二十四挡也恍如无物,这才是跑公路的好日子。乘着顺风,时速一直徘徊在二十五公里、二十八公里、甚至三十三公里,而下坡路一直至武威为止,所以不到六小时已经骑完一百四十公里,爽极!但却换来第一次爆胎。我下车一看,并没有完全漏气,在公路上已看到武威市,多骑五公里进城应该没问题。

爆胎终究是一件麻烦事,但我现在有理由把支援队寄来的后备轮胎换上。我曾奢望一万四千公里都没爆胎,现在爆胎却意味我正式"毕业",可自称单车旅者了。但千万别问我为什么要爆胎才算毕业,这些都是在我骑车期间突发奇想的。

武威的马踏飞燕

河西走廊尽头

翻过海拔三千米的乌鞘岭到达兰州时,便从头到尾将河西走廊骑完了。第一次看到黄河,我忍不住驻足细赏。当年站在多瑙河旁胡思乱想,只赞欧洲人浪漫,把泥黄色的多瑙河幻想成是蓝色的。看着黄河,我感受到祖先的踏实,有碗说碗,有碟说碟。

到了黄河,亦表示我正式离开荒芜,人烟会变得稠密,心情变得浮躁,现在已不再是"我慢世界便跟我一起慢",而是整个中国大陆交通网在推着我走。沿着黄河,要骑约四十公里才到兰州市中心,雨亦愈下愈大,来往的车也愈来愈多,打在身上的全是黑色的泥水,兰州的空气污染极之可怕,但我没半点儿怨言,目光还是投射在壮阔的黄河上。

我突然想起柯受良当年飞越黄河,直至今天我才明白为何那是一项壮举。以前我认为开车飞越黄河是一件无谓的事情,但亲眼看到黄河,我好像明白他的动机。飞越了,对整个世界一点儿意义也没有,但过程中的恐惧和快感,却是一生难忘的。这只有当事人才了解个中价值,有文身

第五章
骑进历史的洪流里

日间车站，晚间地摊

雨中夜闯兰州

牛奶鸡蛋醪糟　　　　　　街头串烧竹签艺术品　　　　　　早上的牛肉面店

的人或许会容易理解一点儿。

不知何故，一直误以为兰州出名的是刀削面，但在兰州朋友瑞雪的指点之下，才知道刀削面来自山西，而兰州的名吃是一清二白三绿四红五黄的牛肉面。

瑞雪说，兰州人早餐就吃牛肉面，来到兰州，入乡随俗吧。没想到卖牛肉面的店，早上已满是人龙，吃牛肉面之余，也要凉菜、茶叶蛋，再加上大量蒜子。我心想，这种重口味的早餐，一星期一次就好了。

点面时，要说明面的粗细度，拉面师傅会当场把面条拉出来，这种即叫即拉的面条，是我在大西北的至爱。不管你在大店，还是街边小店，面的口感总是新鲜有弹力的。点牛肉面时，一定要额外点牛肉，不然，碗内只有零碎的牛肉粒。

一般来说，牛肉面是五元，牛肉是五元（看分量而定），十到十五元，便吃下兰州的招牌美食了。

晚上在夜市，我另有新发现——牛奶鸡蛋醪糟。夜市内卖这道小吃的有如天上银河，可是只有一间小店门外站着人龙。开店的是一个回民家庭，父母在煮醪糟，儿子在侍客，老婆婆在洗碗。醪糟要用明火煮，锅不大，每次只能煮四至六碗，所以等待的时间特别长。从等位到上菜，差不多等了半小时，不过当我吃下第一口醪糟时，我明白为何只有这店有人龙了。

醪糟跟南方的酒酿差不多，但配合牛奶和鸡蛋，入口更滑更香，再撒上芝麻葡萄干，那甜味跟酒味相辅相成。有客人问老板儿子，为什么客人那么多，也不扩大店面。儿子答，店大了，坐不满，人便没那么多，还是客似云来的感觉最爽。

第五章
骑进历史的洪流里

200

| 出发前 Start off | 德国 Germany | 波兰 Poland | 立陶宛 Lithuania | 拉脱维亚 Latvia | 爱沙尼亚 Estonia | 俄罗斯 Russia | 哈萨克斯坦 Kazakhzstan | **中国大陆 China** | 中国香港 Hong Kong |

蛋挞长得很快,已经从躺在笼内变成瑟缩笼中。我答应过她,到了兰州便为她买一个大一点儿的新笼。不过,在大西北很难找宠物店,所以我决定 DIY 一个。

之前那个是塑料造,耐用,可是再买大一点儿装在车头的话,骑行时颇为危险。所以新笼要放车尾,最好是一个硬底旅行袋,容易缚在车尾。找了一个下午,最后买了一个五十元的黑色运动袋,品质不算好,而且要另外加一个硬底。我把之前的塑料盒切掉两面,弄成一个 U 字形,放进运动袋,把它定形,然后开了十多个气孔。试把蛋挞放进去,摇摇看,感觉也蛮不错。

可惜,行车不到两小时,蛋挞便把我精心制造的笼破坏了。她基于天性要逃出来,而旅行袋的拉链手工太差,一爪便开。最后我要腾空车头的挂包,把蛋挞放进去。不过,离开兰州这城市后,哪里可找到宠物店,给她买一个真正的宠物上街袋?

陌路上熟悉的歌 /011
Bittersweet Symphony
The Verve

在人口稠密的中原,我想象自己是 MV 中的主音一样,不要理会旁人,决意自己走出一条路。

第五章
骑进历史的洪流里

人车都坏了

黄土高原是指太行山以西,乌鞘岭以东,秦岭以北,长城以南,海拔介乎一千至两千米的高原地带。由于土地水分长期流失,形成贫瘠的山沟地势,对我来说就是上山下山的地段。

离开兰州后,骑了七个小时,但没有前进的感觉。虽然身穿四件衣服,也戴上保暖脚套,但冷汗缠身。我有预感,我将会病。下午五时多,骑近榆中,我决定停下来。看看 ThinkPad 的 GPS,原来只骑了四十公里。

一进榆中城,先搜索宠物店,希望把猫笼的事解决。询问每个放狗的人,他们都说这城只有兽医、畜粮,没有宠物店。那他们的狗到底吃什么呢?我没有问。

吃过感冒药,喝一杯热开水,便迷迷糊糊入睡。早上下着毛毛细雨,查看天气才知道寒潮吹袭。单车冲着下坡路离开榆中,身体不停颤抖着。午膳后天开始放晴,可是我丝毫感觉不到暖意,骑车时呼吸异常辛苦。

第五章
骑进历史的洪流里

出发前 | 德国 Germany | 波兰 Poland | 立陶宛 Lithuania | 拉脱维亚 Latvia | 爱沙尼亚 Estonia | 俄罗斯 Russia | 哈萨克斯坦 Kazakhstan | **中国大陆 China** | 中国香港 Hong Kong

午睡前，我会对蛋挞说："要跟我回香港就不要走太远。"然后把她放到草原自由活动。我相信蛋挞懂性，知道自己视力不良，每次她都不会离单车太远，纵使走远了，大叫蛋挞，她自然会走回来，看来养狗的一套也行得通。

距离定西市十公里，我确定了三个毛病，一：身体病了；二：车链坏了；三：轮辋歪了。看情况，要在定西滞留了。

在市中心找了又找，因为要养病，希望可以找到在地下而且有独立厕所的房间，我已没气力把车和行装搬上楼梯。在小巷找到一间符合要求的房，一个热水浴后，蒙头大睡。

中午起来，身体虚弱到连呼吸都困难。走到街口药房，买了几盒不知名的药，服后回宾馆又再昏睡。醒来已是傍晚，精神好了一点儿，但看到坏了的单车，心里很不好受，决心要把单车修好才养病。

一早有换车链的经验，不太费劲便搞妥。轮辋歪则是一个大难题，但上次在俄罗斯乌法，成功自学维修换挡器，所以这次也尝试自学维修轮辋。在网上找了几段教学短片，发现手上的工具根本不能去测量调校后轮辋是否直，我只有不停地把轮辐收紧，用刹车皮和肉眼去衡量，非常不专业，却也是眼前唯一的办法。

大病时单独一人，是最痛苦不过，可幸我还有蛋挞相伴。我没气没力地看着她在房里跑来跳去，身体虽冷，内心却感到丝丝温暖。躺在床上整整两日，感冒终于有点儿好转。在街上逛逛，

最后还是要请老师傅出手

看医生后要吃药

第五章 骑进历史的洪流里

发现宾馆附近有一间小小的单车维修店,便回房间把单车推来给老师傅看看。问过价钱,只需十五元。

老师傅先把单车翻转,微调轮辐,这我已做了,当然没有老师傅那么熟手。可是他边调边摇头,最后决定把后轮和车胎拆下,细查轮辋。我忍不住问,严重吗?老师傅摇摇头。不过我看他从店内拿出的工具愈来愈多,大部分都是我在网上修车短片中看到的,只是片中用的全是单车专用器材,老师傅用的都是自制工具,功能上的确没有分别。

看见老师傅越调越顺,心中大石也慢慢放下。他说轮辋和轮辐都严重耗损,要小心保养。我说只要到了西安,单车便会来一次"全身检查"。付了钱,老师傅还邀请我到店内吃拉面,家庭式店铺真热情。

单车骑起来感觉良好,只是换挡有点儿不顺,可自行修理。骑着车在镇中打转,竟然发现一间宠物店,我二话不说跑进去,把店内唯一一个宠物塑胶笼买下。虽然顶部不是密封,不能遮风挡雨,但只要把它放进之前买的旅行袋里便可遮风,再用塑胶袋封顶便可挡雨,没条件下,什么都要灵动变通。

中国大陆修路时真的没有其他路可走

第五章 骑进历史的洪流里

男人的关口

"三十二岁是男人的关口,你三十二,我三十二,李小龙就过不了三十二,下半世是龙是蛇便看这个机会,看你能否找回自己。"这是电影《一个字头的诞生》的对白。当我骑到陇西、当感冒还未痊愈、当换挡铁线断掉、当单车从二十四速变成只有两个挡位可用时,我知道这个男人的关口不易过。

面对黄土高原的地势,带病以高速挡爬坡是自杀式行为,但最近的专业单车维修位于一百二十公里外的天水市,所以我决定坐车。终于找到修车的店并说明问题,修车的小伙子充满信心说简单,可是数小时后,他却说换挡线断在指拨里,拿不出来。我建议把指拨拆开,若不拆,指拨如同废物,必须一试。看着小伙子满头大汗,一脸担心会把指拨拆坏,我只有在旁鼓励,说实话,我比他更担心。断线是取出了,但指拨无法重组,又无后备零件,我失落地叹了一口气,难道又要坐车去西安配零件?

天水麦积山

第五章
骑进历史的洪流里

终于修好了

过了男人关口的自我奖励

张大姐与我

蛋挞的新猫笼

截顺风车失败,最后付钱坐巴士

| 出发前 Start off | 德国 Germany | 波兰 Poland | 立陶宛 Lithuania | 拉脱维亚 Latvia | 爱沙尼亚 Estonia | 俄罗斯 Russia | 哈萨克斯坦 Kazakhstan | **中国大陆 China** | 中国香港 Hong Kong |

换挡线断掉

这时老板娘刚回来，知道我爱驹的战绩，又听到蛋挞的故事，老板娘说："你就在天水休息一晚吧，我叫另一家店的大师傅来替你修。这指拨算什么，明早九时开店后来取车吧。"

明天我便三十三岁了，男人关口，到底是什么？我只知道这刻心系受伤的单车，虽然听了老板娘的话，安心了一点儿，但未看到修好的车，总是忐忑不安。如果明天可再骑车上路，哪管未来有三千个男人关口，我都愿意奉陪。

早上取过单车，兴高采烈地骑上"生日礼物"，往二十五公里外的麦积进发。

因为柏林朋友张小妹说她堂姐住在麦积，我若经过可以投宿她家，所以我早在定西时已联络上张大姐。张大姐说，初收到短信"我是柏林张小妹的朋友"时，还以为我是骗子。原来她们已有十多年没见，也难怪她要向小妹求证。见面后，张大姐不停对我说，自己也是孩子的妈，看到我一个人风尘仆仆地浪荡，有点儿心酸。我说："别人看来或许觉得艰辛，但我每一天都快乐，外表可能消瘦了一点儿，但心灵饱满呀！"张大姐报以母亲般的微笑。张大姐有一种魅力，跟她聊天时给我一种安全感，我们吃着火锅，谈笑风生地欢度一个晚上。

虽然吃完火锅后肚满肠肥，但生日不吃甜品总觉得缺少了什么。我独个儿走到步行街，在快餐店买了杯草莓新地。吃着，收到支援队的祝贺，说我已比李小龙老了。这是否意味着我过了男人的关口？

我在中学时代是一名龙迷，记得有天上课的时候，我感慨地自问，为何划时代的人都英年早逝？坐我前面的女同学缓缓回头，微笑着对我说："放心，你一定会长命百岁。"也许三十二岁不死，我应该会长命百岁。不过，生命从不在乎长短，尤其骑在丝绸之路上，走过大大小小、存在的逝去的荒废的城镇，更觉得我们在历史的洪流里，三十年和三千年，只不过是一字之差而已。

陌路上熟悉的歌 /012

海阔天空
Beyond

"仍然自由自我，永远高唱我歌，走遍千里。"当走遍千里后，便会发现自由自我亦不难。

第五章 骑进历史的洪流里

推车也过不了

往宝鸡的310国道，因为山泥倾泻封锁了

西安，一个终点

沿着渭河，翻过绿油油的高山树林，看着云雾覆盖山岭，有点儿骑进古诗山雨欲来的境界。虽没半点儿雨，但山中湿度高，体汗多却一直蒸发不掉，衣服黏着身体很不舒服，连自己也受不了自己的汗臭。今天沐浴在自己的体汗中，使我想起阔别多年的香港。

往宝鸡的310国道，因为山泥倾泻封锁了，我被迫骑到湿淋淋的泥路上。上坡还可以慢，下坡则一步一惊心，稍有不慎，便连人带车带蛋挞掉进渭河，我才不想死得那么有诗意。今天真的苦了蛋挞，因为四周都是湿泥，实在不能放她出来，以免被雨淋病。

只有骑在湿淋淋的泥路上　　　　　到西安先为蛋挞打疫苗　　　　　好像一脸无辜

第五章
骑进历史的洪流里

蛋挞做的好事

往西安的最后一段路

每逢下雨天我都会住好些,洗一个热水澡。在中国大陆,有品质而价钱合理的住宿,我首选连锁集团的快捷酒店。快捷酒店比家庭式民宿人流多,清洁次数频密,所以一般较整洁,隔音不俗,保证双人大床。不过这次当我解下行装之时,既可爱又可恶的蛋挞便在雪白大床的中央撒了一泡尿。天啊!雨中骑行的原动力就是舒舒服服大字形睡在床上,现在好梦成泡影,只有瑟缩在床边。

往西安的最后一天,天空放晴,穿过农村,不少马车驴车在旁走过,笔直而平坦的林荫路直指"长安",我深深地感受到进入古都的庄严。我就像一个塞外使者,骑入繁华的西安,穿过安定门,看着西大街两旁的商厦酒店,各国外资的品牌百货,被这个大都会的中西文化交融包围着。骑到市中心的鼓楼,我停下来,回首一看,闪过脑袋的是黄土沙漠、干旱草原、大树绿林、蔚蓝海洋和远远的柏林围墙。我轻轻地说声:"我到了。"

接下来,只要平安回家就是了。对,平安回家才是最了不起的。不过当我到达沙发提供者Luigi家时,我才发现后轮有数条轮辐断掉,而轮辋已经完全扭曲,每转一下都摩擦着刹车皮。既然说过到了西安,便会为单车作全身检查,我也庆幸她把我送到这里才断轮辐,要是在渭河山中出现问题,那真是叫天不应叫地不灵。之前因为要养病,比原订计划迟到西安,而现在要修车,应该也会延迟离开。不过时间不再重要,几经辛苦来到丝路的终点,怎可能不玩个够,身处在有五千年历史的古都,时间又算是什么。

| 出发前 Start off | 德国 Germany | 波兰 Poland | 立陶宛 Lithuania | 拉脱维亚 Latvia | 爱沙尼亚 Estonia | 俄罗斯 Russia | 哈萨克斯坦 Kazakhstan | **中国大陆 China** | 中国香港 Hong Kong |

雨后泥渍　　单车已经千疮百孔　　断掉的轮辐

到了，终于把丝绸之路骑完

215

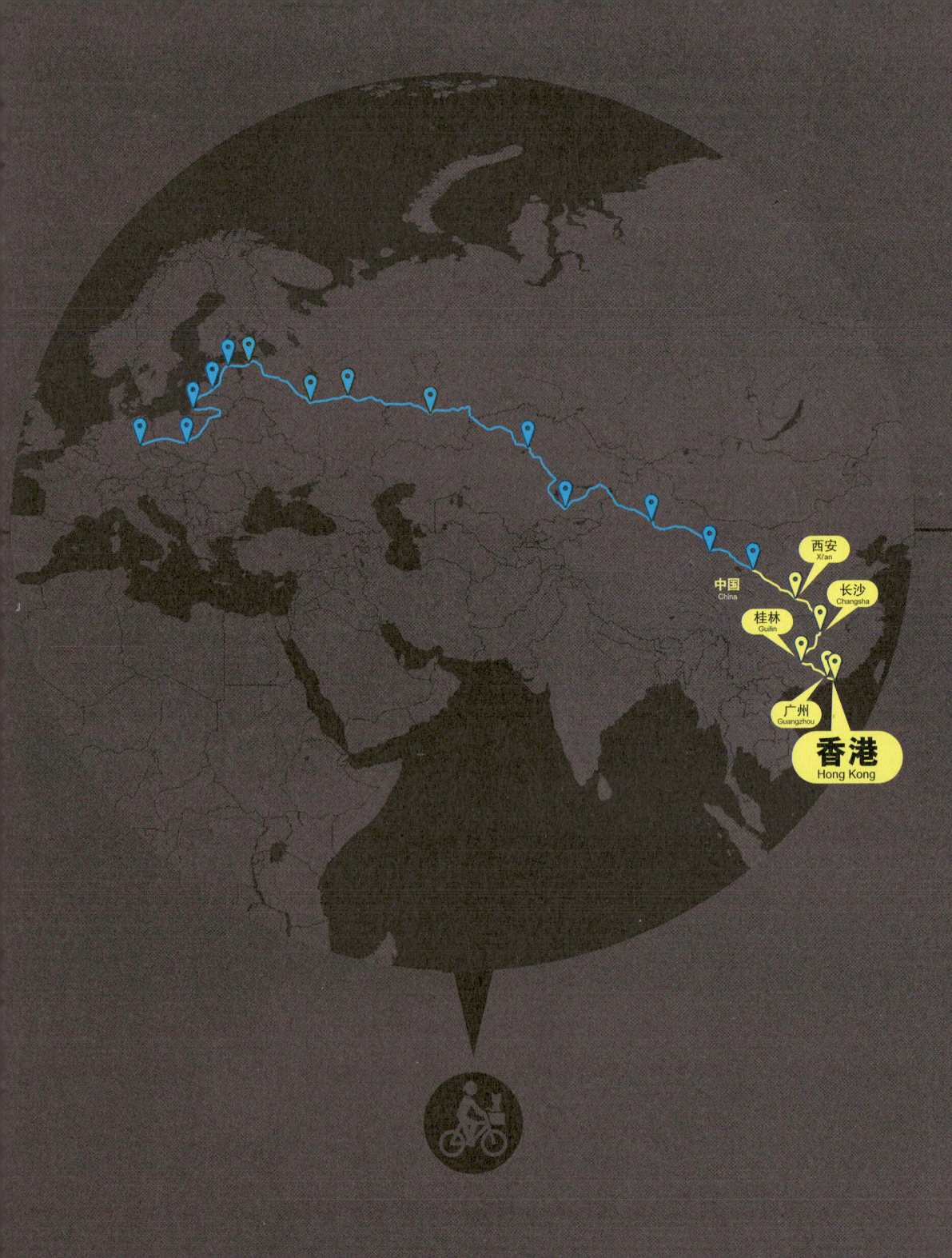

第六章

安全，才能回家

28 吋 32 孔

　　Luigi 是意大利人,在西安一间意大利旅行社工作,他的公司为他在办公室同一幢大厦里租了一个住宅单位。每晚下班,为了离开这幢大厦,他便会约朋友聚会,而我自然亦参与了他的聚会。

　　Luigi 的普通话比我好得多,这是他的中国大陆女朋友说的,我亦毫不置疑。但跟他住了一星期,发现他除了工作,也没怎样说普通话。Luigi 下班后最爱跟朋友到大排档一起吃烤串和火锅。他的朋友都是外语教师,亦有外籍留学生,有的在中国大陆生活了四五年,有的刚来半年。跟他们在一起,我感到非常舒服,可能是大家都自觉是外来客,特别投契。

　　除认识了一群外籍朋友外,还认识了回乡探亲的新朋友王菲。王菲在柏林生活了十年,早已有自己的家庭,但也经常回西安探亲。她问我想在西安做什么,我说要尝尽西安小吃,她便兴高采烈地带我走进回民街。我们从左手肉夹馍,右

手凉皮配一支酸奶酪的西安人的典型午餐,一直吃到灌汤包子、豌豆糕、柿子饼、羊肉泡馍、冰峰汽水……

满足口腹之欲过后,就要修理爱车。附近有间小店,我把单车推进去说要换轮辐及轮辋。可惜,修理员一看见单车的二十八吋轮辋,便说没有合尺寸的轮辐。我唯有把后备的轮辐给他,希望换过轮辐后,轮辋的歪曲有所改善。不过翌日取车时,修理员说轮辐虽换过新,但他们并不能把歪曲了的轮辋更正过来,建议我买一个新的。他们说若要订,需要一星期,建议我到陕西省体育场去找,那边的单车店多,而且比较专业。

我骑着单车往体育场,听着不自然的车轮滚动声,我知道轮辋问题必须正视。绕了陕西省体育场一圈,问过每间单车店,都说现在大家都骑二十六吋山地车,很少有二十八吋公路车辆,而二十八吋三十二孔的长途车型更是难找。当我在一间品牌单车专门店门口,跟职员讨论着这事

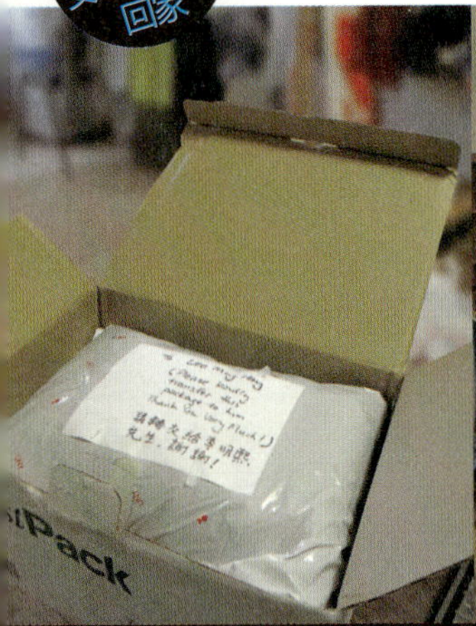

第六章
安全，才能回家

朋友 Isabella 从中国香港速递到西安的礼物 　有御寒衣了 　　　　　　　　　　　她绝对需要洗一个澡

大雁塔

220

| 出发前 Start off | 德国 Germany | 波兰 Poland | 立陶宛 Lithuania | 拉脱维亚 Latvia | 爱沙尼亚 Estonia | 俄罗斯 Russia | 哈萨克斯坦 Kazakhstan | **中国大陆 China** | 中国香港 Hong Kong |

新的一样

时,老板突然驾车到来。

职员向他说明问题,我补充一句:"若我在西安这大城市也找不到,你们可否给我订一个?"

老板瞄了我单车一眼,想一想,问其中一个职员:"前几个月,一个客人买了部二十八吋的单车,然后配了新车轮,那原厂的轮是否还在?是否三十二孔的?"职员连忙跑进货仓,我眼睛一亮,心跳加速,一副渴望神迹的样子。

职员拿着新的车轮跑出来,我大声欢呼。老板说:"这是比赛级的轮,比你现在的更坚固,一定可以载你平安回家,刚好有一双,就卖一只给你吧。"我没有问价钱,便把单车推进维修站。

我跟老板说:"可否替我的车保养一下,加油?"我感激地问一共要收多少钱,老板想了想:"三百块吧,明早来取车。"我感动得不知说什么,因为这车轮前后一对要一两千元,现在我单购后轮连单车保养才三百块?我知道我又遇贵人了。

晚上,我跟 Luigi 一伙儿要求吃西安著名的 Biāng Biāng 面。翌日一早我到车店取车,看见雪白的车身,没有油渍的齿轮,调校过的变速挡,替换了的刹车线和簇新的后轮,我迫不及待骑上她在西安市穿梭。车轮转动时,齿轮发出清脆的磨合声,像是单车再次被赋予新生命的声音。我停下来,细赏单车的每部分。她告诉我,她已为回家做好准备。

体育场附近有较多单车店　　　　　　　　　西安回民街

牧羊少年的启示

单车虽然准备好,但我还未调整好心情,是因为西安暗沉的天气?太多美味小吃?还是因为刚认识了一群新朋友,不舍得离开?全部都是借口,掩饰自己"害怕"的借口。

一直都知道丝绸之路是这个旅程的主戏码,也知道西安代表一个重要的里程碑,而更清楚的是,香港才是终点。当我一想到自己身处西安的时候,那种满足感便油然而生,但还有近三千公里路才真正到达"家",这正是危险的潜伏处。

在西安的第六天,早上醒来梳洗一番,更换了骑行衣,把行装收拾好,再把蛋挞放进笼里,一切看似准备就绪,但呼吸不顺畅,心跳亦有点儿急速。走到窗边,把窗户打开,外面罩着浓雾,我长叹一下。我知道今日的心情不适宜骑行,我怕前面的陌路。

过去几天实在太快乐了,单车修好,每天都跟朋友吃喝玩乐。现在骑上单车,难免有一种失落感。我需要寻找出发的动机,我把骑行衣脱掉,把蛋挞放出来,掏出早两天买的《牧羊少年奇幻之旅》,冲一杯香浓咖啡,决定今天不跟人说话,安然在家中,看书平复心情。

第六章 安全，才能回家

身边的朋友一直推介此书，前天在书店买地图时，看见书并不厚，方便携带，便买回来。然而，翻了两页之后，就把自己代入牧羊少年的角色里，欲罢不能，咖啡一杯接一杯，我把书一口气看完了。

我顿觉一股热能在体内流动，这种感觉就像出发那天，对未知的将来产生好奇而炽热。我想起书中的一句："在我体内有风，有沙漠，有海洋，有星河和宇宙万物。"对于这个旅程，我还求什么呢？"是平安回家呀！"我心里叫着。但想平安回家，并不是每天都在担心，而是以平常心去骑，因为安全不是明天，是现在，只要每一刻都享受骑行，就一定能回家。

黄昏时候，Luigi 下班回来，问我为什么没出发，我说想一人独处，但现在却想约西安的朋友们，再来一次告别火锅。最后，我没有把《牧羊少年奇幻之旅》带走，把书转送给王菲，希望这书也可以为她带来一点儿启示。

西安暗沉的天气　　不一定要到秦始皇陵才看得到兵马俑，我在酒吧也找到了　　Goodbye 火锅

出发前 | 德国 | 波兰 | 立陶宛 | 拉脱维亚 | 爱沙尼亚 | 俄罗斯 | 哈萨克斯坦 | **中国大陆** | 中国香港

太冷了,这是我们最后一次露营

翻秦岭

离开西安,我更改了路线,原本想经华山往洛阳再南下到襄阳。但我已经厌倦城市,决定沿312国道翻过秦岭,直往襄阳。路程短了,但翻山总比平坦的城市道路有趣得多,况且看过敦煌莫高窟和麦积山石窟后,对洛阳的龙门石窟的确兴趣不大。

骑进秦岭的第一天,最近的城镇要到一百三十五公里的商州,面临日短夜长的季节,下午七点便入黑,我根本不可能在天黑之前到商州。到了五点多,我才刚刚骑进山区。看着西斜的阳光照着山岭的顶部,路开始变得阴暗,气温也明显下降。如果现在不找地方扎营,入黑后伸手不见五指时更难找地方。山中没有破房屋,没有加油站,只有无数的隧道和天桥。我灵机一动,有天桥自然有天桥底,虽不挡风,至少遮雨。

早上狂风不断,打开帐篷,外面依然漆黑。这样强行出发,只会换来感冒复发。我决定爬回睡袋,待阳光照进深谷,身体暖一点儿再出发。蛋挞每天早上都会舔醒我要食物,自从她在营内撒尿后,我把她的粮水都放营外,把营门打开,让她自行在外解决生理需要。为何这次她久久未回来呢?正要探头往外看,才发现她早已蹿进睡袋内,抱头呼睡。

第六章
安全，才能
回家

襄阳城

孔明广场　　　三顾茅庐　　　古隆中

路上最有意义的标语

| 出发前 Start off | 德国 Germany | 波兰 Poland | 立陶宛 Lithuania | 拉脱维亚 Latvia | 爱沙尼亚 Estonia | 俄罗斯 Russia | 哈萨克斯坦 Kazakhstan | **中国大陆 China** | 中国香港 Hong Kong |

翻过秦岭，意味着我正式进入南方。米饭已经取代面条成为主食，而且放饮料的雪柜是接上电源开启着的。在西北路上的餐厅、小店、油站，他们都把饮料放进雪柜，但并不接驳电源，哪管你在沙漠或是山区，他们的雪柜是用来保持室温的。所以我每次看到不冰的汽水或奶酪，我都只会喝水，有时忍不住控诉，店主都很有道理地说："比起外面的炎热，室温饮料已经很冰凉啦！"

在南方，我终于可以偶尔喝冰饮料。但我发现，一路上再也找不到我最爱喝的果啤。果啤是一种不含酒精的碳酸饮料，没有汽水那么甜，不过没有了果啤，改喝冰冷的凉茶也不错。

离开秦岭之后，我决定不再露营，一来晚间天气转冷，二来湿度渐高，不能几天不洗澡，要尽量保持清爽。

骑近襄阳，三国时代的气息渐渐渗出来，不过多骑几公里后，便觉三国泛滥。因襄阳近隆中，亦即孔明故居，市内一切都打上"孔明"或"诸葛"旗号，孔明菜、孔明鱼、诸葛米酒，就连屋苑、广场、大学都要沾一沾诸葛先生的才气。潜移默化之下，我到访了古隆中，购票进入孔明故居的景点。

古隆中是一千七百多年前刘备三顾草庐的地方，我不期望亦不希望看到草庐，但中国大陆的旅游景点往往是画蛇添足。草庐自然犹在，内里更有蜡像加上配音，重塑当年讨论《隆中对》的情景。不过最添足的还是要额外付款的滑道、八卦阵迷宫、射箭等游乐场玩意。原本人杰地灵的清静地，改建成游艺会一样，有点儿喧宾夺主。

"南方的朋友"

在刚进新疆第二天的精河市内,我认识了超哥、土匪、宝姐姐和幽魂四位来自当阳的骑友,他们放假飞到新疆骑行两周。由于我的骑行路线邻近他们住的城市,他们让我更改行程骑到当阳。当时我答应了,事隔两个多月,我终于骑到当阳,没想到他们非常隆重地欢迎我。

在我到访之前,亦发生了一段小插曲。九月中的时候,宝姐姐接到一匿名电话,"喂,你记得我吗?我是你南方的朋友呀!"电话里的男人说。宝姐姐说不认识便挂断了。后来想了又想,南方的朋友?是李明熙吧?怎么他的普通话进步得那么快?虽然满脑子疑问,但宝姐姐还是回了电话。

"你是李明熙吧?之前对不起,你在哪儿?"宝姐姐问。

"对呀,我是李明熙呀,你记起我啦。我到武汉了,很快就到你那里了。""南方的朋友"说。

宝姐姐连忙通知骑友们准备一番,土匪马上在当阳社区网以"李明熙来了"为标题发出英雄帖。翌日,"南方的朋友"再致电,说已经在武汉,明天就可到他们那儿。这次是超哥接听的,说到

大胃 李明熙五日勇战长坂坡

三峡大坝

武汉离这里三百多里，一天到不了，但"南方的朋友"坚持说能到。超哥一众虽生疑，但还是说句明天等你来吧。当然，"南方的朋友"再致电时，自然说家中有人病了，来不了，可否汇点儿钱给他之类的。到了这时候，大家都知道遇上电话骗子，而最可笑的是，超哥和土匪都是警察，连警察也被李明熙三个字骗了两天，当阳一众骑友自然对我这个真正南方的朋友更感好奇。

事后宝姐姐致电给我，可惜找不着，因我离开新疆后把电话号码更换了。接到宝姐姐的电邮时，我还在河西走廊的武威。她叫我到了襄阳便要通知他们。

百万军中藏阿斗

我许了一个愿

在精河时，我认识了超哥、宝姐姐、土匪和幽魂

在襄阳跟超哥真正对话后，土匪再发出英雄帖，"李明熙来了！"又再响遍当阳城。

从荆门到当阳只有五十公里，宝姐姐便致电问我出发了没有，说他们那边的车队已经出发，将会从半路领我入当阳。我听到"车队"一词，呆了一下，虽然超哥说会隆重欢迎，但我一直以为是我们五人大吃大喝一顿罢了。到半路遇上宝姐姐后，才知道"南方的朋友"这故事，更得悉有一大群当阳骑手等着看李明熙的庐山真面目。

到达当阳，跟超哥相会，大家四目交投，我说他瘦了，胡子刮了，差点不认得他；他说我胖了，胡子刮了，完全不像骑友，在旁的骑友们都笑了。大家都对我的单车、行装和外表感到好奇，超哥说晚上来的骑友更多，到时放些影片、相片，慢慢说故事。

下午游览过关陵、玉泉寺等名胜，便提着ThinkPad赴宴。站在酒楼的大门口，我笑了。他们在大门的电子广告板上，打出"热烈欢迎中国香港骑车达人李明熙来到三国故地当阳"，不止中文，还有英文和德文轮流播放。步入宴会厅，

大家都来会一会我这传说中南方的朋友

被护航离开当阳

| 出发前 Start off | 德国 Germany | 波兰 Poland | 立陶宛 Lithuania | 拉脱维亚 Latvia | 爱沙尼亚 Estonia | 俄罗斯 Russia | 哈萨克斯坦 Kazakhstan | **中国大陆 China** | 中国香港 Hong Kong |

谁说独自旅行是苦闷　　　　　　　　　　　　有缘千里能相会　　　　　　　　　　　　当阳私房菜

已有二十多人在等待，我逐一和他们握手，然后把 ThinkPad 接上投影机，细说故事。

看到席上的骑友们，才明白超哥所谓"隆重"欢迎是什么意思，超哥在旁边告诉我，要我在当阳好好休息几天，若有什么需要尽管说，他会尽力安排。大家举杯的时候，我感动不已。

我们到访周仓墓、麦城遗址、长坂坡战场，又驾车到宜昌看三峡大坝、屈原故居，每晚都认识一些新骑友。旅程以来，在当阳这五天是最放松的日子。离开当阳的早上，更有车队为我这个"南方的朋友"在雾中护航，真是荣幸万分。

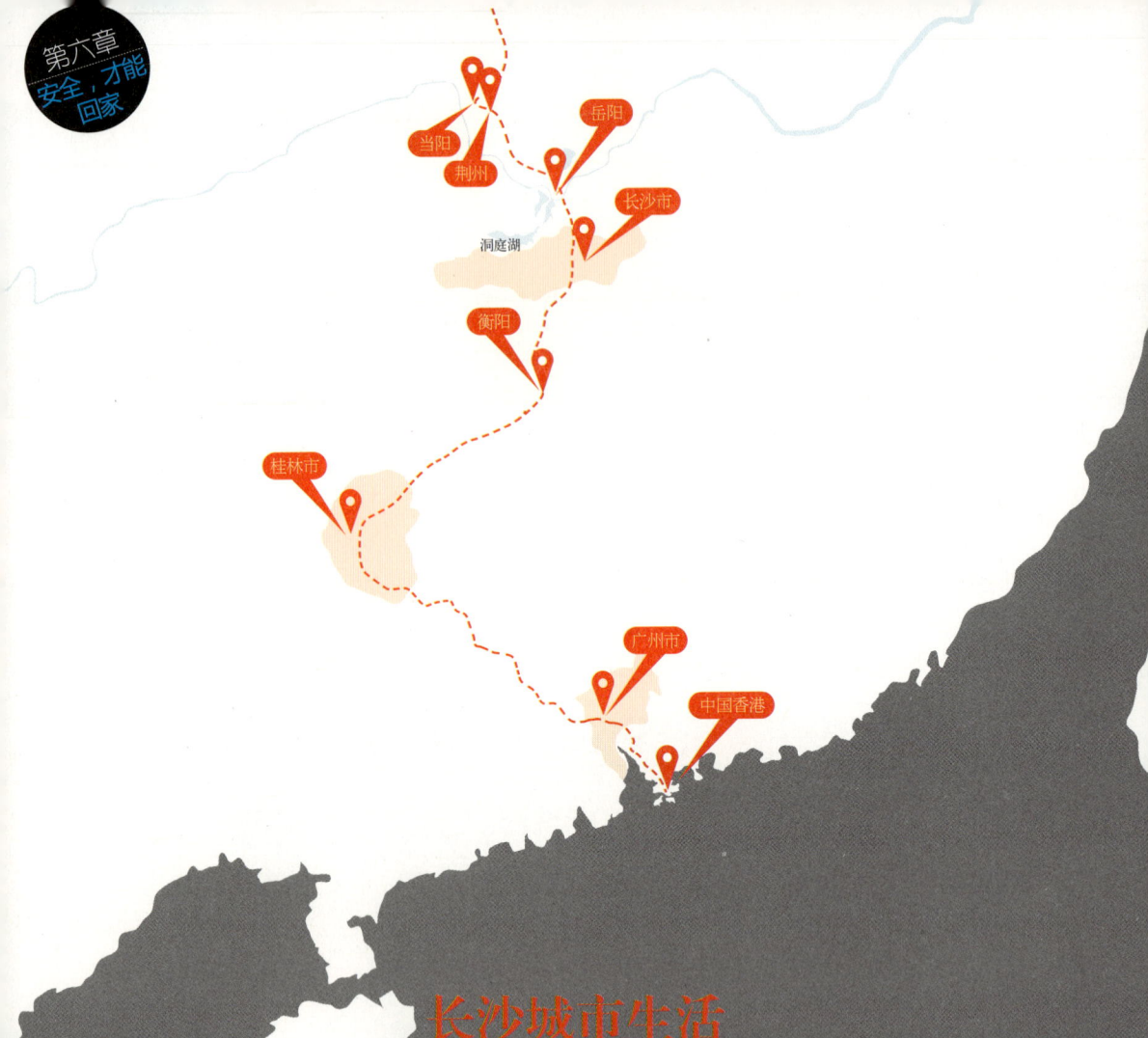

长沙城市生活

当阳之后,有想过改行程去张家界和凤凰古城,但自从到访三峡大坝后,很想再看江看湖,便沿着长江,骑到洞庭湖。站在岳阳楼上,浓雾紧锁洞庭湖,看不到李白所描述的"水天一色,风月无边",但在楼中重读岳阳楼记,又是另一番滋味。在汨罗江停留一天,接上湘江,很快便来到长沙。

长沙是我到过的中国大陆城市当中,最时髦的一个。我所指的时髦,是女孩子的打扮。她们衣着入时,言行谈吐都展现出都市人的活力。可能因为国内的一些知名媒体坐落于长沙,时事文娱资讯都传送得比其他城市快。据沙发提供者南施所说,长沙人的消费概念特别不同,他们注重物质享受,尤其是夜生活和赌博方面。她补充说长沙人是典型的"今朝有酒今朝醉",永远两袖清风,但他们懂得知足,所以据统计长沙人的快乐指数在国内一直名列前茅。

岳阳楼记

要坐渡轮过长江

我走进这个夜夜笙歌的城市，也被这歌舞升平的气氛感染，跟着南施一起去看电影、喝咖啡、逛商场、上餐馆，一副中产族的样子。而每周六，在湘江橘子洲上都有近半小时的烟花汇演。我以为每周都放烟花定花费庞大，原来长沙盛产大型烟花，这只不过是市政府为特产做宣传罢了。

我爱长沙，因为只要一过湘江，便是名山岳麓山，中国古代四大书院之一的岳麓书院就在其中，而著名的湖南第一师范学院亦坐落山腰。漫步岳麓山，亦是长沙人最方便的郊游活动。上山时看到不少山地单车在人群中穿插，极度危险，但令我颇感意外的是，一个平凡的下午，竟有那么多人登山，不只是学生、游客，还有穿西装的行政人员等，好不热闹。

岳麓书院

烧饼和坨坨

蛋挞的第一顿鱼

第六章 安全,才能回家

| 出发前 Start off | 德国 Germany | 波兰 Poland | 立陶宛 Lithuania | 拉脱维亚 Latvia | 爱沙尼亚 Estonia | 俄罗斯 Russia | 哈萨克斯坦 Kazakhstan | **中国大陆 China** | 中国香港 Hong Kong |

长沙小厨

每星期都放烟花

　　南施家中养了两只大猫——烧饼和坨坨，蛋挞一到时，三只猫在家中你追我逐，身为"厅长"的我，夜晚不时要忍受他们伏在我的被铺上开战。第一个晚上，蛋挞一对二处于下风，第二天，我观察到蛋挞落败的原因是她脖上的铃声，当我将她的颈带除下后，蛋挞的偷袭成功率大大提升。到了第二个晚上，已经变成三国鼎立。

　　南施是爱猫之人，只会在网上订购天然猫粮，亦不时买鱼给猫吃，因此，蛋挞有幸吃到她一生中第一次鱼。临行时，南施送了蛋挞半包猫粮及一枝逗猫棒。这枝逗猫棒非常好用，因为在旅途休息时，蛋挞会跑进草丛，从前我要深入草丛寻找蛋挞，现在只要在地上轻拍这逗猫棒，蛋挞便会自动出现，我亦放心让她跑进茂密的草丛去。

荆州城

桂林团圆饭

单车界有句格言:"走在前面就永远是对的。"

面对中国大陆的交通,这句话最贴切不过了。可是对,并不代表安全,这一点我在衡山便深切体会到。

中国大陆交通最大的陋习并非不遵守规则,因为大家若眼观六路、耳听八方的话,守规则与否,并不那么重要。但从我多月来与中国大陆交通近身肉搏的经验所得,大陆司机在小路出大路时几乎从不留意大路的交通。小路的车只管"走

| 出发前 | 德国 | 波兰 | 立陶宛 | 拉脱维亚 | 爱沙尼亚 | 俄罗斯 | 哈萨克斯坦 | **中国大陆** | 中国香港 |

在前面就永远是对的"心态,看到前面没车便冲出大路右转,懒理左面大路有货车高速驶近。因此,大路上的车有一个习惯,每将驶近一个小路口时,不管有车无车,必定鸣笛警告。试想想大货车驶入小镇时,其鸣笛的次数和节奏,就如迪斯科的 House Music,永无终止。这个鸣笛文化亦可套用在行人路上,因为行人路上有摩托车、电动车、单车行驶,永远都是催赶前面。但同时频繁的无故鸣笛,令所有人都麻木了。

我的单车只有一个小铃,在行人路上还可发

又一冷雨中

最有效的防水方法

桂林团圆饭

我和谢利

蛋挞至爱的位置

挥作用,但在马路上恍如无物。我骑着车,往桂林方向走,就在一条下山路上,前面的大货车右转驶向小路,我骤眼见小路有辆车驶出大路,马上刹车放慢,当大货驶过后,一辆七人车已经冲到我身旁,我捏紧刹车闸,把单车往左一摆,七人车已撞上单车右前方的车包,我左脚落地跳了两下保持平衡,没有受伤。

我没半点恐惧,只有怒火,因为七人车司机脸上没半点惊讶,还一副"找死吗?你骑单车!"的表情。我拍打了车头几下,送上中指,也没跟司机理论半句。这种情况,我也不知道可以理论些什么,即使十三亿国人都认为我是对的,那又如何?我被撞了,把司机绳之以法?但这是法理吗?我一直在问,在中国大陆,交通规则是法理吗?骑到桂林,在大学跟一班电子科技研究生讨论这问题时,得到一个解释。

在桂林接待我的沙发提供者谢利是大学研究生,虽然学校提供宿舍,他却情愿在学校旁租一个小小的房间。谢利本身也是一个单车旅者,曾骑单车上西藏,而他最渴望的是到南美工作,所以他积极学习西班牙语。

因为他租的房间没有热水,所以他带我到宿舍洗澡。宿舍房内不能煮食,电炉煮食的聚会是通融的,只要学生不太吵,当值的舍监都通情达理。我洗好澡后,已闻到宿舍房满满的饭香,真是怀念以前偷偷在教室吃火锅的日子。

席上,谈及我的交通意外,我问,如果我们是当权者,真的有能力去改变社会,我们可以怎样做?其中一位学生说,外国社会执法时大部分是法、理、情,但中国大陆的特色就是情、理、法。以我的意外为例,若真的有什么损伤或赔偿的话,永远是由买保险者赔。所以,中国大陆怕麻烦的车主一律会买全保,免了口角之争。若没保险的话,就视乎地域性了,即是我永远都是外地人,如撞上或被本地车子撞上,那就是我倒霉了。若大家平起平坐,那就真的清官难断家务事了。学生们都说中国大陆虽已改革开放了很多,但始终是一个血浓于水、讲情理法的国家,不能一下子改变。

而负责煮菜的学生感慨地说,虽然长大后看多了,知道多了,有时不认同政府的一些做法,但无可否认,中国大陆是在进步中,他指指桌上的饭菜说:"这顿饭,若是二十年前,可算是团圆饭那么丰富了。现在,只要我们想,随随便便每晚都可吃到。"

| 出发前 Start off | 德国 Germany | 波兰 Poland | 立陶宛 Lithuania | 拉脱维亚 Latvia | 爱沙尼亚 Estonia | 俄罗斯 Russia | 哈萨克斯坦 Kazakhstan | **中国大陆 China** | 中国香港 Hong Kong |

一群有气有力的大学生

用钱买时间

要将蛋挞带回香港，就必须为她植入电子芯片并获得兽医签发的健康证明。在桂林市找到不少宠物医院，但并没有一间有宠物芯片，没有芯片自然签发不了健康证明。我记起数年前广州办亚运会时，立法全市宠物狗必须植入芯片，所以我并不担心在广州找不到芯片。问题是在这潮湿的雨季，我可否在五天之内，翻越广西山区到达五百四十公里外的广州市。要赶在五天内到广州市，是因为香港渔护署要求在入境前五个工作日收到健康证明，而健康证明必须在入境前十天内签发。

离开桂林的第一天，马上遇到阻滞。山路正在维修，毛毛雨一直下个不停，路面从沙石变成泥地，气力在上山下山时耗尽。第一天只骑到六十五公里外的兴坪古镇，大出预计。

看到路况有所改变，我亦放胆挑战夜车。除

第六章
安全，才能回家

兴坪

下雨烂路下坡

在中国大陆最怕看到的事件

珠江

| 出发前 Start off | 德国 Germany | 波兰 Poland | 立陶宛 Lithuania | 拉脱维亚 Latvia | 爱沙尼亚 Estonia | 俄罗斯 Russia | 哈萨克斯坦 Kazakhstan | **中国大陆 China** | 中国香港 Hong Kong |

蔗田

为要赶路，冒死夜骑

了之前在哈萨克斯坦边境被打回头那夜骑过一次夜车，一直都不敢。老实说，摸黑骑车是十二万分危险。我挂上后备闪烁的红灯，尽量让身后的车看到我。唯独中国大陆司机夜间驾驶很少开车头灯，是为了省电吗？我无奈地问。不过，在我身旁驶过的单车、电动车都是漆黑无灯，相信有头灯尾灯的我是路上最安全的一个。

进入广东省后，天朗气清，点菜吃饭时都不用再说"不要辣"了，而最爽的是，我可以用广东话粗口去大骂路上鲁莽的司机，而他们是有反应的。沿着两边都是竹林的绥江一直下坡，终于在第五天骑了一百五十公里，摸黑赶入广州市。

广州市有沙发提供者小鱼接待，她知道我要找宠物医院，早已替我写下附近几间的地址，最近一间只有两个街口的距离。一早起来我便抱着蛋挞到宠物医院，芯片当然有，但兽医说出境批文要花十天才能批出，因为他们有责任为猫抽血化验作详细检查。我又问问附近的宠物店，得到的答案大致一样。我回到小鱼家左思右想，十天？要等吗？还是先回港，再回到广州接蛋挞？我拿着渔护署的健康证明，看到

第六章 安全，才能回家

阳光啊，上一次是何时

最后一个省

广州人多车多

广州单车道真的做得很好

我身后的艺术品在里加也见过

拉脱维亚的里加有，中国大陆深圳也有

中国香港骑友 Osman 特意到广州跟我骑回来

骑万里路轻了七公斤

夜骑要打醒十二分精神

上面有一项写着"该动物已获豁免出口国地方政府当局所定之检疫限制",灵机一动,虽然这并非中国大陆出境批文,但若入境批文上写着,而又得到宠物医院盖印签字,也许可以浑水摸鱼地离境,反正渔护署的这份文件一定要签妥,便再抱着蛋挞询问之前的兽医。

兽医拿着文件,满脸疑问,我在旁边游说这文件可以出入境,亦情愿另付手续费。兽医跟同事商讨了一会儿,决定为蛋挞植入芯片和签发健康证明。抱着蛋挞离开的时候,我想起《牧羊少年奇幻之旅》里的一句:"很多时候,我们都用钱买时间,不是吗?"

话说回来,我还是没有出境批文,半偷渡似的把蛋挞带回香港。幸运地,一位香港骑友 Osman 知道我这旅程后,特意来到广州,跟我一起骑回香港。一路上,他都跟我说,福田口岸过境检查不严格,不用担心。但无论他怎样说,我都无法消除心中的担忧,这是最后一个关口,真没想到旅程的最后一段,才是最大的心理挑战。我无法想象如果蛋挞未能顺利出境,情况会有多恶劣。但这旅程开宗明义就是一项挑战,一日未到终点,我都在挑战中。

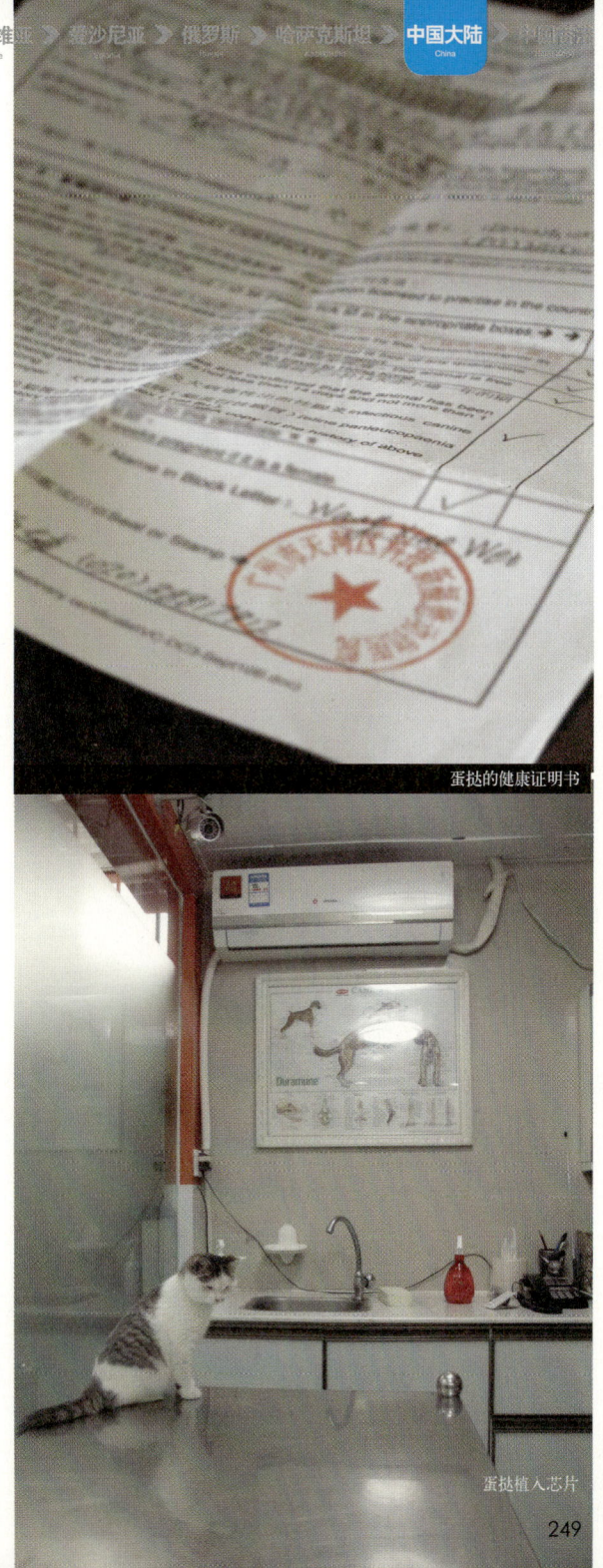

蛋挞的健康证明书

蛋挞植入芯片

第六章
安全，才能回家

妹妹替我把蛋挞送到渔护署

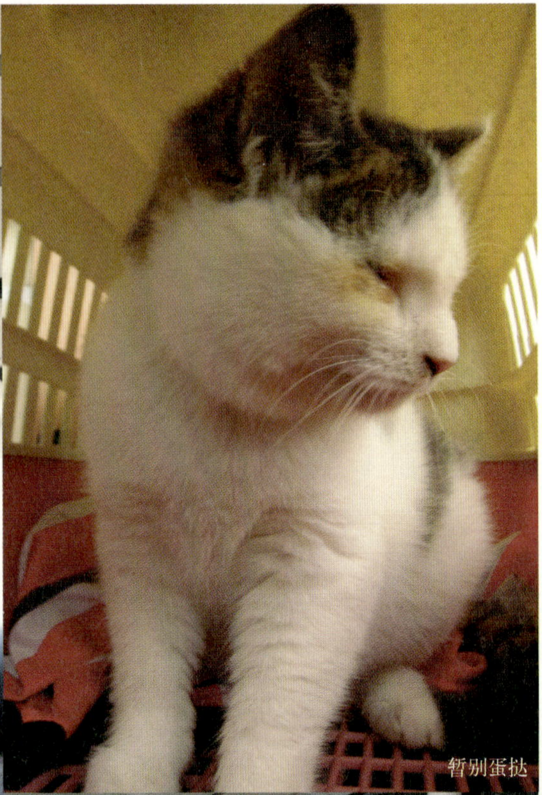

暂别蛋挞

我把蛋挞的颈带扣在车头

百万人中藏蛋挞过境

饭香

周六清早的福田口岸，挤满了来往陆港两地的人，三层出入境大楼水泄不通，虽有利我浑水摸鱼，但我仍未敢放松。蛋挞算是安静，只要单车移动着，她从来不叫，我排队过关时，不时把指头伸入笼来轻抚着她。我和 Osman 便被人流拥着，根本看不到检查行李的海关人员。

推着单车走在入境大桥上，我看到远处天花板挂着"香港海关"的指示牌，地上则划了一条界线，过了就是香港。我担心背后有人拍着我肩膀，说要检查我的行李，但我没有刻意快步，我告诉自己："好好记着这二十米路，是一人、一猫、一单车的最后二十米。"

我低头看着地上的分界线，未敢回首，直至确保单车完全推入中国香港境内，我才抬头一看左边的深圳河。我强忍着眼泪，感触起来，回想过去经历的每一个海关，回想起当初一个信口开河的梦想之旅，今天终于来到梦的最后一天。我庆幸自己没遇上什么严重意外，总算遵守对大家的承诺，四肢健全，平安归来。

过境后，我把单车推到红色申报通道，跟海关说："我有一只猫要申报。"两位海关人员问："你带了烟还是带了酒？"

我摇摇头重申："我有一只猫要申报。"

"是烟还是酒？"他们再问，我只好叫他们请渔护署的人员出来接手。

因为蛋挞从中国大陆入境，所以需要隔离检疫一百二十天后才可真正回来。临别前，我将蛋挞的颈带除下，扣在单车手柄上，下了没有这旅程伴侣，我怕我不能适应。

今天的目的地是西九龙海滨长廊，一直都好希望可以仿纪录片《长路迢迢》，在最后一个骑行日，在骑友的护航下到达终点。所以早在回来前两周，我在网上邀请香港骑友带领我从落马洲到西九龙终点。说带领并非谦虚，而是我真的需要他们提醒我，中国香港左上右下的交通方向，更重要的是，我不知道哪些道路容许单车行走，哪些不能。

但一离开海关，已是中国香港禁区，不能骑车。单车不能上巴士，因体积太大；若上港铁则要拆前轮，以我一己之力，不可能单轮推动三十多公斤的行李。最后只好选择的士，大部分的士司机看到单车都拒载，可幸总有尽忠职守的司机，不嫌麻烦载我离开禁区。骑了一万多公里路，竟然最后要在香港拆前轮，接驳交通工具入境，可谓麻烦之至。

还记得穿绿衣那位吗，他是我在 Astana 相遇的 Yogo

到达落马洲公交车站时，已看见香港单车同盟的主席 Martin 及一众骑友在等候。这天的活动，全由香港单车同盟和赞助商联想安排，我只需要平安地享受最后的五十公里骑行。我们沿着青山公路走，原来不少骑友知道路线后在中途加入，我回头一看，车队人数有近二十人，更有一位本来骑单车到超市买东西的骑友，看到我们的车队后，便跟着我们从元朗一直骑到荃湾。

在香港马路上骑车，危险程度比在中国大陆还高，马路窄，容不下单车，司机亦罔顾骑行者的安全，急、逼、压般玩弄着骑者。香港的路面亦因为补路工程连绵不断，导致凹凸不平，加上路肩的水渠盖多不胜数，一不留神车轮被卡进去，肯定人跃车翻。但最泄气的还是所谓的单车道，行人对这单车道的意识不强，在道上推婴儿车、缓步跑，以为这是拓宽了的行人路。最离谱的是单车道上竟然有阶梯，过交通灯时要下车推车，设计者到底有没有骑单车的经验？真想跟他说，单车道是让人骑单车的，而不是让人携

看到荃湾了　　　　　　　　　　　　　　　　再次把区旗插上

单车的。单车道到屯门便终结了，坦白说，骑在马路上跟汽车比拼其实更安全。

骑着单车驶过屯门至荃湾这段青山公路，在我脑海中不知预演了多少次，看着远远的青马大桥，我对单车说："这就是太平洋了。"过了汀九桥底，远远的荃湾剪影已尽入眼帘，我双手紧紧握着手柄，站起来仰天长啸："我回来啦！"不过，荃湾只是今天的中途站，西九龙才是终点。

虽然我们人多势众，但面对葵涌货柜码头的迷宫路，无人知道如何离开。我们打转又打转，最后要推上行人天桥，越过三号干线再接上深水埗。到达西九龙海滨长廊已是下午四时了，冲过联想为我准备的终点线，一万四千公里的陌路回家旅程终于完结。

开香槟，大合照，朋友相拥，记者访问，但对我来说，能平安回家跟家人及支援队员一起吃晚餐的那个画面，才是最鼓舞，亦是真正支持我骑行一万四千公里的最大动力。

| 出发前 Start off | 德国 Germany | 波兰 Poland | 立陶宛 Lithuania | 拉脱维亚 Latvia | 爱沙尼亚 Estonia | 俄罗斯 Russia | 哈萨克斯坦 Kazakhstan | 中国大陆 China | **中国香港 Hong Kong** |

✳ 全程最美味的一餐

后记

后记

一年前的这个时候，恐惧和兴奋的心情像两股洪流，在我体内交错翻滚，等待着出发日将其释放。事隔一年，洪水不再澎湃，不能说是心平如镜，而是细水长流。每次看世界地图，我都看到一条由柏林到香港的河流。河水流动时，曾经牵起了一些事，走进了一些人的生活里。流水过后，大家都好像相安无事地回到自己的生活。我也好像经历了一个漂流旅程，回到中国香港。

那我找到自己的存在价值了吗？

这只是一个 Yes or No 的问题，我也很肯定答案是 Yes。但刚回来时我有点儿不知所措，无从解释。直到现在，单车之旅慢慢沉淀，语言渐渐浮现。当然，我还是无法清楚地说明，我只能够透过谈谈一人一猫一单车回港后的故事，窥探自己的存在价值。

先说单车。

出发前我把单车命名 Kim，自此单车不单是单车，是一个被赋予生命的伴侣。因为有了 Kim，路上也不那么孤独。不少人看到这名字后都以为我是韩国人，其实，Kim 是我一位美国朋友的名字，我和她九年前在澳大利亚相识，多年来都以电邮联系。2011 年，Kim 处于人生低潮，我也到了生活的瓶颈，便问她有否兴趣跟我一起单车游散散心。她说有兴趣，却不会骑单车，所以我就借用她的名字 Kim，算是带她去散心吧。条件是，若我平安回来，她要到中国香港祝贺，最后大家都兑现了承诺。单车 Kim 现在泊在家门外，每次外出或回来时看到她，我都会心微笑，说一句："辛苦你了，多谢。"

然后说猫。

一百二十天的检疫期终于结束，2013 年 3 月 23 日蛋挞正式回家，《陌路回家》亦圆满结束。蛋挞在我房里躲了半小时后，慢慢探头出来，步进大厅，融入新居。现在看到她在家中跑来跳去，我有时会问自己，她自由吗？快乐吗？比在新疆的天山过得好吗？然后我会走过去轻抚蛋挞的头，把耳朵贴近她的肚皮，我听到她发出隆隆的欢愉声音，像在告诉我，地点从来不重要，和谁一起才重要。

我们一起流浪近三个月，四千五百公里的路，睡过住宅、宾馆、荒野，那种包容和亲密，无法与过去任何一个旅伴作比较。任我把单车之旅再从头计划一千次，也无法把与蛋挞相遇这事情计算在内。我回想起在柏林健身室看过的一句

标语"Träume nicht von Plänen. Plane deinen Traum."（梦从来不在计划之内，去计划你的梦吧。）的确如是。

最后说人。

回来后被问得最多的问题是："你有想过放弃吗？"每次听到我都会问，放弃？怎样呢？在俄罗斯山林中爬坡半途停下来，等待货车驶来送我回香港？在哈萨克斯坦面对逆风时，在百里无人的野外停下来，等待直升机救援？在中国南方湿气透天的冷雨中停下来，丢下行装跳上公车再去机场？

要放弃的话任何时候都可以，因为由始至终都是和自己的韧力竞争，我就是搞不清楚放弃之后要怎办，要怎样面对自己。我的目标是回家，放弃了难道就不回家？一想到这里，休息一会儿，又再骑上单车。因为向前走一定会到终点，只是时间问题罢了。现在安坐家中，偶尔想起在路上的喜与悲，我都觉得自己做了一件不可思议的事，的确不容易，但谁都可以做得到。

"生活就是要不停地踏上陌路，发挥自我，把生命燃烧到最终。"若你问我在这次旅程中学到什么，这应该是我的答案吧。

在此感谢所有在金钱、行动和精神上支持过我的人，你们都是《陌路回家》的一分子。

特别多谢我的家人和支援队员：师傅、Cheryl、阿如、阿精、阿奶、阿 E、八娴、Joanne、Kira 以及赞助商：

写于 2013 年 4 月下旬。

陌路上熟悉的歌 /014
Splendor in the Glass
Pink Martini

虽然当天我用这首歌邀请 Kim 跟我一起单车游失败了，但有梦想的人，都应该花几分钟时间听听这首歌，必定有所启发。

图书在版编目（CIP）数据

陌路回家 / 李明熙著 . —北京：中央广播电视大学出版社，2016.9

ISBN 978 – 7 – 304 – 07918 – 5

Ⅰ.①陌… Ⅱ.①李… Ⅲ.①游记—作品集—中国—当代 Ⅳ.①I267.4

中国版本图书馆 CIP 数据核字（2016）第 220430 号

本书由香港 CUP 出版通过成都同舟人文化传播有限公司授权给中央广播电视大学出版社在中国大陆地区出版发行中文简体字版本，该出版权受法律保护，非经书面同意，不得以任何形式任意重制、转载

图字：01 – 2014 – 4316

版权所有，翻印必究。

陌路回家
MOLU HUIJIA

李明熙 著

出版·发行：中央广播电视大学出版社	
电话：营销中心 010 – 66490011	总编室 010 – 68182524
网址：http://www.crtvup.com.cn	
地址：北京市海淀区西四环中路 45 号	邮编：100039
经销：新华书店北京发行所	
策划统筹：郑　毅	责任编辑：郑　毅
策划编辑：李　刚	责任印制：赵连生
印刷：北京盛通印刷股份有限公司	
版本：2016 年 9 月第 1 版	2016 年 9 月第 1 次印刷
开本：170mm×210mm	印张：17　字数：270 千字

书号：ISBN 978 – 7 – 304 – 07918 – 5
定价：48.00 元

（如有缺页或倒装，本社负责退换）